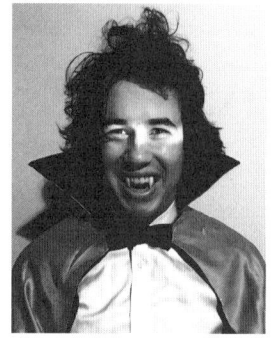

Jack Henseleit wurde an einem Winterabend im Jahre 1991 geboren, kurz nach Mitternacht. Wenn das Wetter dunkel und stürmisch ist, schreibt er Märchen – echte Märchen, in denen Hexen und Goblins unachtsamen Mädchen und Jungen Streiche spielen. Nicht alle Geschichten haben ein glückliches Ende …

Weitere Informationen zum Kinder- und Jugendbuchprogramm der S. Fischer Verlage finden sich auf *www.fischerverlage.de*

Jack Henseleit

ECHT BÖSE!

Vampire sterben einsam

Band 1

Aus dem Englischen
von Katrin Segerer

FISCHER | KJB

Erschienen bei FISCHER KJB

Original Title: »The Witching Hours: The Vampire Knife«
Text Copyright © 2017 Jack Henseleit
First published in Australia by Hardie Grant Egmont

Für die deutschsprachige Ausgabe:
© 2019 Fischer Kinder- und Jugendbuch Verlag GmbH,
Hedderichstr. 114, D-60596 Frankfurt am Main

Covergestaltung: Frauke Schneider, Wittighausen
Satz: Pinkuin Satz und Datentechnik, Berlin
Druck und Bindung: CPI books GmbH, Leck
Printed in Germany
ISBN 978-3-7373-4147-9

Für Gypsy, Jesse und Raffy,
die gruseligsten Kinder in ganz Mount Rowan

Phantastische Geschichten für kühne Kinder

Ein Wort der Warnung

Die Geschichten, die hier niedergeschrieben sind, spielen nicht in der Welt, die du kennst. Es sind Geschichten von alten, dunklen Wäldern, in denen wundersame und schreckliche Geschöpfe lauern, Legenden von Feenwesen in ihren urwüchsigen Formen, dürstend nach Magie und Blut.

Es wäre nicht ratsam, diesen Wesen gegenüberzutreten. Und es ist ohnehin unmöglich. Denn ihre Welt ist nicht unsere Welt, ihre Wege sind nicht unsere Wege. Der Wunsch, sie aufzuspüren, birgt nur Kummer und Gram.

Such nicht nach ihnen.
Du wirst sie nicht finden.

Und falls doch,
wirst du es bitter bereuen.

1
Gleich da

»Erzählst du mir eine Geschichte?«, fragte Max.

Anna wandte den Kopf, um ihren Bruder anzuschauen. Ihr Vater hatte in der Mitte der Rückbank eine Mauer aus Kissen und Koffern errichtet, damit sich die Geschwister nicht gegenseitig ärgerten, aber die war so hoch, dass Anna bloß ein paar braune Haarbüschel erkannte. Der Rest von Max' Kopf war hinter einem Stapel dicker Bücher versteckt.

»Oder wie wär's mit Ich-sehe-was-was-du-nichtsiehst? Du darfst auch anfangen.«

Anna warf einen Blick aus dem Fenster und seufzte.

»Da gibt's nur ein Problem: Ich sehe rein gar nichts!«

Es war ein düsterer, stürmischer Nachmittag in Transsilvanien. Regen trommelte aufs Dach des Autos, das sich über die schmalen Serpentinen den Berg hinaufquälte. Die Scheinwerfer kamen mehr schlecht als recht gegen die Dunkelheit an.

Anna fürchtete, dass sie sich verfahren hatten. Das letzte Schild lag schon ein gutes Stück zurück, und die Straße war so eng und holprig, dass sie die Bezeichnung kaum verdiente. Während der ersten Stunde der Fahrt war das Unwetter noch aufregend gewesen. Jetzt, nach fast drei Stunden, wurde Anna allmählich unruhig.

»Sind wir bald da?«

Sie zog an ihrem Gurt und beugte sich nach vorn. Ihr Vater umklammerte das Lenkrad mit beiden Händen und klebte mit der Nase an der Windschutzscheibe. Hin und wieder huschten seine Augen zum Beifahrersitz, auf dem sich Papierrollen und Atlanten stapelten. Ganz oben thronte die älteste Karte, die Anna je gesehen hatte. Das Papier war vergilbt und so spröde, dass es an den Ränder schon zerbröckelte.

Sie räusperte sich.

»Sind wir bald da?«, fragte sie noch einmal lauter.

Ihr Vater fuhr vor Schreck zusammen, und das Auto eierte von der einen Seite der Straße zur anderen (was nicht sonderlich weit war).

»Ja, gleich«, antwortete er, beäugte nervös die alte Karte und wischte sich die Stirn. »Glaube ich zumindest.«

Anna stöhnte. Es wäre nicht das erste Mal, dass

ihr Vater sich verfranzte. Sie ließ sich zurück gegen die Lehne ihres Sitzes fallen und verschränkte die Arme.

»Ich hab noch Süßigkeiten übrig«, verkündete Max.

»Lügner!«

»Gar nicht. Ich habe mir welche aufgehoben.«

»Beweis es.«

Eine braune Papiertüte tauchte über der Mauer auf. Sie wirkte noch etwa halb voll. Anna war beeindruckt. Sie selbst hatte ihre Süßigkeiten längst aufgegessen.

»Ich teil sie mit dir«, meinte Max. »Wenn du mir eine Geschichte erzählst.«

Ein Blitz verschwand zuckend zwischen den Bäumen. Donner grollte so laut, als würde ein Riese direkt über ihnen den Himmel aufreißen.

»Einverstanden.«

Eine rote Gummischlange kam über die Koffermauer gesegelt und landete in Annas Schoß.

»Aber nicht zu gruselig«, verlangte Max. »Bloß ein kleines bisschen.«

Anna schnappte sich die Schlange und biss ihr den Kopf ab.

»In Ordnung. Lass mich kurz nachdenken …«

Während sie den Rest der Schlange aß, starrte sie

aus dem Fenster in den dunklen Wald. Dann lächelte sie.

»Es war einmal ein Junge namens Max. Max war erst acht Jahre alt und lebte mit seiner elfjährigen Schwester und ihrem Vater, der von allen nur ›der Professor‹ genannt wurde, in einer großen Stadt. Eines Tages nahm der Professor Max und seine Schwester mit auf eine Dienstreise, in einen Wald irgendwo im Nirgendwo. Doch Max sollte sich noch wünschen, den Wald nie betreten zu haben.«

»Warum?«

»Weil es dort immer Nacht war und regnete. Und die Wege waren so lang und überwuchert, dass sich sogar der Professor manchmal verirrte. Aber am unheimlichsten waren die Wesen, die dort lebten. Das allerschrecklichste lauerte in der Mitte des Waldes, im tiefsten, düstersten Teil …« Anna legte eine dramatische Pause ein. »Die Hexe!«

»Können wir die Geschichte kurz unterbrechen?«, fragte Max schnell.

Anna verstummte. Zum Glück konnte ihr kleiner Bruder ihr breites Grinsen nicht sehen.

»Erst mal musst du wissen, dass ich keine Angst mehr vor Hexen habe. Deswegen macht es mir nichts aus, dass eine Hexe vorkommt, okay?«

»Okay«, antwortete Anna.

»Und es soll bloß ein bisschen gruselig sein. Also darf Max nichts Schlimmes passieren, ja?«

»Das sagst du immer. Aber irgendwas *muss* Max passieren!«

»Anna, sei nett zu deinem Bruder«, rief ihr Vater in bester Professor-Manier vom Fahrersitz nach hinten. »Warum liest du ihm nicht aus deinem neuen Buch vor?«

Anna rümpfte die Nase. Der Professor hatte ihr am Flughafen ein Märchenbuch gekauft, aber eins von der völlig falschen Sorte. Das Cover war rosafarben und glitzerte, und die Feen in den Geschichten waren überhaupt nicht unheimlich. Sie mochte *richtige* Märchen, so wie die, die ganz unten in ihrem Koffer versteckt waren, irgendwo in der großen Mauer – Märchen mit Hexen und Kobolden, die unachtsame Kinder hereinlegten. Meistens mussten die Mädchen und Jungen die Fabelwesen überlisten, um ihre Freiheit zurückzuerlangen und aus dem verwunschenen Wald zu fliehen. Manchmal brachten sie sogar magische Andenken mit nach Hause zurück. Solche Märchen hatten allerdings nicht immer ein Happy End. Es konnte durchaus vorkommen, dass die Ungeheuer gewannen.

Anna schauderte.

»Lieber nicht.« Mit einem Tritt beförderte sie das

rosafarbene Buch noch tiefer unter den Beifahrersitz. »Außerdem haben wir jetzt schon angefangen.«

»Genau«, pflichtete Max ihr bei. »Und das geht auch in Ordnung, weil Max nichts Schlimmes passieren wird, oder?«

Anna antwortete nicht. Stattdessen erzählte sie weiter.

»Max wusste, dass er eigentlich nicht in den Wald durfte. Aber nach einer Weile wurde er mutiger und spielte immer näher am Waldrand. Eines Tages fühlte er sich *besonders* mutig, mutiger als je zuvor, und dachte, dass ein Ausflug in den Wald doch ein tolles Abenteuer wäre. Also wanderte er los.«

Ein Blitz zuckte über den Himmel, und selbst Anna erschrak. Eine Sekunde lang wurden die Bäume draußen so hell erleuchtet, als schiene die Sonne. Sie waren alt und krumm, mit gewundenen Ästen, die sich wie hölzerne Arme in Richtung Straße streckten. Ein paar der Zweige ähnelten sogar langen, spitzen Fingern.

»Was war das?«, fragte Max ängstlich.

»Nur ein Blitz«, beruhigte Anna ihn.

»Nein, ich hab was gesehen. Im Wald.«

»Was? Wo?«

Anna reckte den Kopf, um durch sein Fenster zu gucken, aber jetzt war alles wieder pechschwarz.

»Keine Ahnung. Es sah aus wie ein Mensch. Ein großer Mensch mit weißen Augen.«

»Wahrscheinlich war es bloß ein Bär«, meldete der Professor sich zu Wort. »Davon gibt es in Transsilvanien jede Menge. Genau wie Wölfe.«

Bloß ein Bär?, dachte Anna und spähte weiter in die Finsternis. Einen echten Bären zu sehen, das war so ungefähr das Aufregendste, was sie sich vorstellen konnte.

»Es war kein Bär, sondern irgendwas anderes«, sagte Max. »Es hat mich direkt angestarrt.«

»Doch, ganz bestimmt«, meinte der Professor. »Und ich glaube, es reicht für heute mit deiner Geschichte, Anna.«

»Hmpf.« Anna verschränkte wieder die Arme und brummte vor sich hin: »Und ich glaube, es reicht für heute mit deinen Kartenlesekünsten.«

Das Gewitter wurde immer schlimmer. Der Regen prasselte unerbittlich aufs Auto ein. *Hoffentlich gibt das Dach nicht irgendwann nach*, dachte Anna. Sie fuhren tiefer und tiefer in den Wald hinein. Niemand sprach ein Wort.

Plötzlich fiel noch eine Gummischlange in ihren Schoß.

Grinsend drehte sie sich zur Gepäckmauer und fing leise an, Taschen und Bücher herauszuziehen und in den Fußraum zu werfen. Ein paar Sekunden später hörte sie, wie Max von der anderen Seite losgrub. Die Mauer schwankte gefährlich, dann verschwand ein letzter Koffer, und der Tunnel war fertig. Max' Gesicht tauchte auf. Anna kam sich vor, als würde sie durch ein Regal in der Bibliothek gucken.

»Erzähl weiter«, flüsterte Max.

Wachsam schaute Anna in Richtung ihres Vaters.

»Okay. Also: Max wusste, dass die Waldwege trügerisch waren. Er hatte ein Stück Brot in der Tasche. Das zerbröselte er und legte mit den Krumen eine Spur, der er folgen konnte, wenn er zurück nach Hause wollte.«

»Das stammt aus *Hänsel und Gretel*«, sagte Max.

»Psst … Die Brotkrumen würden ihn sicher aus dem Wald führen.«

»Würden sie gar nicht«, entgegnete Max. »Weil die Vögel sie nämlich auffressen.«

Anna funkelte ihn an.

»Max hatte Angst, dass die Vögel die Krumen auffressen würden«, fuhr sie fort. »Aber das taten sie nicht, denn der Wald war böse, und alle Vögel und kleineren Tiere waren längst geflohen. Geblieben waren nur die Bären und Wölfe – und natürlich die Hexe. Tatsächlich wäre es sicherer für Max gewesen, wenn die Vögel die Brotkrumen aufgefressen

16

hätten, denn jeder Spur kann man in zwei Richtungen folgen. Und Max' Spur führte in die eine Richtung aus dem Wald heraus, aber in die andere *direkt zu ihm!*«

Das Auto wurde langsamer. Anna richtete sich besorgt auf. Hatte ihr Vater doch etwas mitbekommen? Aber er beachtete sie gar nicht. Er presste das Gesicht ans Fenster und spähte hoffnungsvoll nach draußen.

»Das könnte es sein ... Ich steige mal aus und schaue nach. Kommt ihr hier für ein paar Minuten allein zurecht?«

»Klar«, sagte Anna.

»Klar«, sagte Max, allerdings sehr viel weniger überzeugt.

Der Professor schenkte ihm ein beruhigendes Lächeln. Als er die Wagentür aufschob, hörten sie den Wind für kurze Zeit in voller Lautstärke, das Pfeifen und Brausen und Tosen und Heulen der heftigen, nassen Böen. Dann fiel die Tür zu, und der Lärm des Sturms wurde wieder gedämpft.

Anna fühlte sich plötzlich sehr allein.

»Lass uns Pause machen mit der Geschichte, bis Dad zurück ist, ja?«, flüsterte Max.

»Sicher?«, fragte Anna. »Der nächste Teil ist wirklich gut!«

»Gruselig?«

»Ein bisschen.«

Max konnte der Versuchung nicht widerstehen. »Okay. Erzähl weiter.«

Anna lächelte.

»Max schlich also durch den Wald und legte seine Brotkrumenspur. Er bemerkte nicht, dass ihm jemand folgte. Und dass dieser Jemand ihm immer näher kam.«

Max erstarrte. Anna beugte sich vor, so dass ihr Gesicht den Tunnel ausfüllte, grinste unheimlich und sprach mit tiefer, gespenstischer Stimme: »Zwischen den Bäumen war es dunkel, so dunkel, dass Max kaum die Hand vor Augen erkannte. Doch sein Verfolger war mittlerweile so dicht hinter ihm, dass er Schritte hörte, die nicht seine eigenen waren. Jemand – oder etwas – lauerte da in den Schatten. Er drehte sich um ...«

Auch der echte Max warf einen raschen Blick über die Schulter.

Genau in diesem Moment flog seine Tür auf.

Der Wind fegte herein. Regen peitschte Anna ins Gesicht. Verwirrt rieb sie sich die Augen, versuchte zu begreifen, was gerade geschah. Sie hörte Max schreien, wusste aber nicht, warum – war es nur der Schreck oder noch etwas anderes? Schnell öffnete sie ihren Gurt und stemmte sich hoch, um über die Mauer zu gucken.

Was sie sah, ließ ihr das Blut in den Adern gefrieren.

Eine gebeugte alte Frau in einem langen schwarzen Umhang streckte die verrunzelten Hände in den Wagen.

Und griff nach Max!

2
Zum Wilden Thymian

Max brüllte Zeter und Mordio, während die Frau seinen Gurt löste und ihn aus dem Wagen zerrte. Das Ganze passierte so schnell, dass Anna nur sprachlos zuschauen konnte. Plötzlich wurde auch auf ihrer Seite die Tür aufgerissen, und jemand packte sie an der Hüfte und wollte sie von ihrem Sitz ziehen. Sie wirbelte herum, die Finger wie Klauen gekrümmt, bereit, sich gegen das Ungeheuer zu verteidigen, das sie da angriff.

Es war der Professor.

»Keine Panik«, rief er. »Sehen wir zu, dass wir ins Trockene kommen!«

»Aber ... aber ...«, stammelte Anna. »Da ist eine Hexe! Und sie hat sich Max geschnappt!«

»Was? Unsinn! Es gibt keine Hexen. Das ist die Dame, der die Pension hier gehört. Los, beeil dich!«

Anna ließ sich von ihrem Vater aus dem Wagen und halb unter seinen Mantel bugsieren. Dann rannten sie zusammen durch den Regen. Die dicken, kalten Tropfen klatschten ihr auf den Kopf. Wo liefen sie hin? Es war noch lange nicht Abend, aber schon so dunkel, dass man kaum etwas erkennen konnte. Sie verengte die Augen und spähte angestrengt durch den Nebel, bis sie zwei schwache Lichtflecke entdeckte. Das mussten Fenster sein. Sie schlüpfte unter dem Mantel des Professors hervor und sprintete darauf zu.

Max war bereits dort und versuchte vergeblich, sich aus dem Griff der alten Frau zu winden. Als er seine Schwester erblickte, schrie er verzweifelt: »Anna! Hilf mir!«

»Schon gut, Max, sie ist keine Hexe«, rief Anna. »Hoffe ich zumindest«, fügte sie leise hinzu.

Die Pension schälte sich eher widerwillig aus dem Schwarz. Sie wirkte wie aus einem anderen Jahrhundert. Die weißen Mauern waren mit Weinranken und Moos überwuchert, und das Holz der Eingangstür war verzogen und zerkratzt. Regen stürzte in winzigen Wasserfällen vom windschiefen Reetdach.

In einem Pflanzenkübel mit kleinen lilafarbenen Blumen neben der Tür steckte ein Schild. Darauf war in verblichenen, halb abgeplatzten Buchstaben zu lesen: ZUM WILDEN THYMIAN.

Die alte Frau lächelte Anna an und sagte: *»Alo.«*

21

Anna war kurz verwirrt. »Alo? Ach, hallo!«

Die Frau nickte und lächelte erneut. Besonders viele Zähne hatte sie nicht mehr. Max stand ganz still. Die Augen hatte er fest zugekniffen, und er öffnete sie erst wieder, als der Professor die Veranda erreichte und sich zitternd durchs tropfnasse Haar fuhr.

»Was für ein Wetter … Hoffentlich trockne ich schnell wieder, so nass darf ich bestimmt nicht in die Bibliothek.«

Anna und ihr Bruder ließen die Schultern hängen.

»Du musst aber nicht sofort los, oder?«, fragte Max leise.

Auch Anna hoffte, dass ihr Vater noch ein wenig bleiben würde. Kinder waren in den alten Bibliotheken, in denen er seine Forschungen betrieb, selten gern gesehen, und sobald er sich erst einmal in die Bücher vertieft hatte, wusste man nie, wann er wieder auftauchte. Das war meistens kein Problem, weil Anna und Max dann so viele Filme schauen durften, wie sie wollten, und wenn der Professor besonders spät zurückkam, aßen sie Süßigkeiten zum Abendessen. Diesmal allerdings lagen die Dinge anders. Denn selbst wenn es hier einen Fernseher geben sollte (was Anna stark bezweifelte) – an einem solchen Ort wäre niemand gern allein.

»Ich esse noch mit euch zu Mittag.« Ihr Vater zwinkerte, um sie aufzumuntern. »Und danach könnt ihr mit Mrs Dalca spielen.« Er wies auf die alte Frau.

Die schenkte ihnen ein weiteres, ziemlich zahnloses Lächeln.

»*Prânz?*«, fragte sie mit heiserer Stimme. Und als sie die verständnislosen Gesichter der Geschwister sah, versuchte sie es in deren Muttersprache. »Essen?« Ihr Akzent war sehr stark.

»Ja bitte«, antwortete der Professor. »Wir haben großen Hunger.«

Überraschenderweise sehnte sich auch Anna nach einer warmen Mahlzeit. Bei der ganzen Aufregung hatte sie gar nicht bemerkt, wie kalt ihr war. Sie folgte Mrs Dalca und ihrem Vater nach drinnen. Max klebte förmlich an ihrer Seite. Er zitterte noch immer und schien heilfroh, den Fängen der alten Hexe entkommen zu sein.

Von innen wirkte die Pension ein wenig freundlicher. In einem großen, steinernen Kamin brannte ein Feuer, dessen Flammen am Boden eines Kochtopfs aus Messing leckten. Alle Möbelstücke bestanden aus astigem Holz und sahen verstaubt und ungenutzt aus. Sie waren offenbar die ersten Gäste seit einer langen Weile.

23

»Guck mal«, flüsterte Max und deutete auf den Topf. »Ist das ein Kessel?«

»Quatsch«, erwiderte Anna, obwohl die Frage ihres Bruders völlig berechtigt war. Sie wollte ihm nicht noch mehr Angst machen – immerhin war ihr die Situation selbst nicht geheuer.

Während Anna, Max und ihr Vater sich an den Tisch in der Mitte des Raumes setzten, schlurfte Mrs Dalca zum Kamin hinüber, hob den Topfdeckel an und schnupperte. Anna rümpfte die Nase. Der Geruch, der bis zu ihnen drang, war alles andere als appetitanregend. Eine seltsame Mischung aus Zwiebeln, Nelken und noch ein paar Dingen, die sie nicht erkannte.

Und Knoblauch. Viel Knoblauch.

Max schnüffelte wie ein Hund und verzog angewidert das Gesicht.

»Puh, das stinkt!«

Der Professor tadelte ihn mit einem strengen Blick. »So etwas sagt man nicht, das ist sehr unhöflich.«

Sehr unhöflich, aber auch sehr wahr, dachte Anna bei sich.

Mrs Dalca nahm den Topf vom Feuer, füllte drei Schüsseln mit etwas Suppenartigem und brachte sie anschließend einzeln zu ihnen.

»Isabella! *Linguri!*«, rief sie über die Schulter.

Ein Mädchen kam mit Löffeln aus einem Zimmer hinter der Küche. Sie war ungefähr so alt wie Anna, hatte lange, dunkle Locken und trug ein hübsches weißes Kleid mit roten Schnörkeln. Auf der Wange entdeckte Anna eine kleine Narbe, die wie eine Mondsichel geformt war.

»Hallo«, begrüßte der Professor sie. »Du bist also Isabella?«

Das Mädchen nickte und lächelte höflich, während es die Löffel verteilte.

Anna lächelte so herzlich wie möglich zurück. Wenn Max und sie jemanden in ihrem Alter zum Spielen hätten, würde es hier vielleicht doch nicht so schrecklich werden.

»*Alo*«, sagte sie langsam und hoffte, dass sie das fremde Wort richtig aussprach.

Das Mädchen schaute sie schüchtern an. »*Alo*«, erwiderte es. Dann huschte es schnell davon.

Mrs Dalca hatte alles genau verfolgt.

»*Poftă bună!*«, krächzte sie. *Das musste wohl so viel bedeuten wie: Lasst es euch schmecken!*, dachte Anna.

Der Professor tauchte den Löffel in den schmutzig grünen, kräftig dampfenden Suppeneintopf und pustete vorsichtig, bevor er probierte.

»Köstlich!«, rief er aus.

Ihr Vater fand fast alles köstlich, einschließlich jeder Art von Gemüse. Max rührte skeptisch in seiner Schüssel.

»Das ist bestimmt vergiftet«, sagte er.

»Unsinn«, meinte der Professor. »Esst!«

Todesmutig griff Anna nach ihrem Löffel. Sie hoffte, dass Isabella sie warnen würde, wenn das Essen wirklich gefährlich wäre, aber die war nirgendwo zu sehen. Anna nahm einen winzigen Schluck.

Köstlich war der Eintopf zwar nicht gerade, aber immerhin essbar. Er schmeckte unglaublich stark nach allem, was sie zuvor gerochen hatte. Die Gewürze kribbelten ihr auf der Zunge und brannten im Hals. Die Schärfe überraschte sie, und sie musste husten.

Max' Augen wurden kugelrund. »Es ist doch vergiftet!«

»Nein, nein«, stieß Anna hervor. »Bloß ein bisschen scharf.«

Max ließ sich nicht überzeugen. Als der Professor aufstand, um das Gepäck hereinzuholen, kippte Max den Inhalt seiner Schüssel in einen der vielen Blumentöpfe. Blubbernd versickerte die Flüssigkeit in der Erde.

»Fertig!«, rief er frech.

Anna verdrehte die Augen.

Nachdem Mrs Dalca den Tisch abgeräumt hatte, zeigte sie ihnen, wo sie schlafen würden. Anna und Max teilten sich ein Zimmer am anderen Ende des Hauses, mit zwei kleinen Betten und einem wackeligen alten Schrank. Eine Maus huschte erschrocken in ihr Loch, als sie eintraten.

»Großartig«, murmelte Anna.

Ihr Vater stellte die Koffer ab und ging zum Fenster hinüber. Hinter der Pension befanden sich ein Schuppen – vielleicht ein Hühnerstall – und eine schmale Wiese, die sie vom Wald trennte. Wasser rann in Strömen über die Scheibe. Das Wetter würde wohl nicht so bald besser werden.

»Wenn es aufklart, habt ihr einen tollen Blick auf die Berge«, sagte er. »Die rumänische Landschaft soll wunderschön sein.«

»Regnet es hier immer so viel?«, erkundigte sich Anna.

»Hm, ich bin mir nicht sicher. Da fragt ihr am besten Mrs Dalca.« Der Professor ging in die Hocke, so dass er den Kindern in die Augen schauen konnte. »Ich muss jetzt los. Kann ich mich darauf verlassen, dass ihr brav seid?«

»Ja«, versprach Anna.

»Klar«, meinte Max.

»Gut.« Ihr Vater umarmte sie beide fest und flüsterte ihnen ins Ohr: »Und falls sie doch eine Hexe ist, stoßt sie einfach in den Ofen!«

3
Verstecke

Die Kinder winkten ihrem Vater nach, als er davon-
fuhr. Das Auto wurde beinahe sofort von den Schatten des Waldes verschluckt. Zurück im Zimmer packte Anna ihren Koffer aus. Die drei Märchenbücher,
die sie mitgebracht hatte, stellte sie zwischen zwei
Kerzenhalter auf dem Nachttisch. Die Einbände waren schon ein wenig abgegriffen vom vielen Lesen,
doch die Bücher ließen den Raum gleich fröhlicher
wirken.

»In einem so alten Haus gibt es bestimmt Geheimgänge«, überlegte Max.

Bei ihm hatte das Auspacken darin bestanden,
dass er seinen Notfallvorrat Süßigkeiten hervorge-
kramt hatte. Jetzt schob er sich eine Gummierdbeere in den Mund und schaute sich nachdenklich um.

»Gucken wir in den Schrank. Da verstecken sich
manchmal magische Welten.«

Das hielt Anna zwar für unwahrscheinlich, aber
eine Erkundungstour klang nach einem lustigen

Zeitvertreib. Also ging sie mit ihrem Bruder zum Schrank hinüber. Max legte die Hand auf den Türgriff.

»Bereit?«, fragte er.

»Bereit.«

Er riss die Tür auf, und ein Wolke Staub wirbelte ihnen ins Gesicht. Sie husteten und spuckten. Dann:

»Nichts«, brummte Max enttäuscht. Der Schrank war leer.

»Warte mal ...« Anna trat einen Schritt zurück, stellte sich auf die Zehenspitzen und reckte den Kopf. »Ich glaube, da oben ist etwas.«

Max kletterte auf sein Bett und hüpfte auf und ab, um einen besseren Blick zu kriegen.

»Du hast recht! Wenn du mich hochhebst, komme ich vielleicht ran.«

»Okay.«

Max sprang wieder zu Boden. Anna nahm ihn unter den Achseln und versuchte, ihn ruhig zu halten, während er auf dem Schrank herumtastete.

»Ich hab's«, rief er.

Anna ließ ihn wieder runter, und was auch immer er gefunden hatte, rutschte ihm hinterher – ein größer und größer werdendes Etwas aus Staub und Schatten, das sich über sie stülpte und alles verdunkelte.

»Mach es weg!«, schrie Max.

Nach Luft ringend, packte Anna das geheimnisvolle Ding und zog es von ihren Körpern. Es bestand aus Stoff, so viel spürte sie.

Max suchte panisch krabbelnd das Weite. Als er sich befreit hatte, drehte er sich zu seiner Schwester.

»Ach, es ist bloß eine Decke.«

Anna schaute genauer hin. Es sah wirklich aus wie eine Decke, aber irgendwie ein bisschen zu lang und ein bisschen zu schmal. Außerdem war die Farbe komisch. Die Decken auf ihren Betten waren braun und schmucklos. Dieses Gewebe war von einem satten Nachtblau, und eine Stelle in der Mitte glänzte fast golden.

»Hm«, brummte sie. »Vielleicht. Oder etwas anderes. Hilf mir mal, es hinzulegen.«

Sie breiteten das Stoffding auf dem Boden aus und strichen die Falten glatt. Dann standen sie auf und grübelten über den Zweck des eigenartigen Rechtecks nach.

»Es ist ein Banner«, meinte Anna schließlich. »So was hängt normalerweise in einem Schloss.«

Das Banner wirkte alt – viel älter noch als alles, was ihnen bisher in der Pension begegnet war. In der Mitte war ein goldener Adler mit majestätisch ausgebreiteten Flügeln abgebildet. In den Klauen trug er eine Mondsichel, die er vom Nachthimmel gestohlen hatte.

»Glaubst du, das ist ein Schatz?«, fragte Max.

»Ich … keine Ahnung.« Mit einer solchen Entdeckung hatte Anna nicht gerechnet. »Für die Person, die es versteckt hat, wahrscheinlich schon.«

»Vielleicht finden wir ja noch mehr!« Max warf sich zu Boden und kroch davon. Keine drei Sekunden später war er unter Annas Bett verschwunden.

Anna allerdings konnte sich noch nicht vom Adler losreißen. Fasziniert betrachtete sie sein schmales gelbes Auge, das seltsam heimtückisch wirkte. Fast sah es aus, als würde es sie anstarren.

»Hey, Anna«, rief Max plötzlich aufgeregt. »Hier unten ist etwas!«

Anna wollte ihm gerade antworten, als sie auf dem Flur Schritte hörte. Ohne nachzudenken, packte sie das Banner und raffte es zusammen. Aus irgendeinem Grund wollte sie nicht damit erwischt werden.

»Da kommt jemand«, zischte sie Max zu. »Schnell, raus da!«

Es rumste dumpf, als Max sich den Kopf stieß. Anna wirbelte herum und stopfte das Banner in den Schrank. Sie schaffte es gerade noch, die Schranktür zuzuwerfen, ehe die Zimmertür mit einem lauten Knall auflog.

Mrs Dalca stand im Rahmen und funkelte sie miss-
trauisch an.

»Folgt mir«, sagte sie.

Doch Anna hatte nicht die Absicht, ihre Erkundungstour abzubrechen. »Wir würden lieber hier-
bleiben«, erwiderte sie so höflich wie möglich.

Mrs Dalca schüttelte den Kopf und krächzte: »Zu
kalt. Kommt mit ans Feuer.«

Ihr Tonfall war streng, wie bei einer Lehrerin, die
nicht zu Diskussionen aufgelegt war. In dieser Sache würde sie wohl nicht mit sich reden lassen. Sie
scheuchte die Kinder in den Flur und zog entschlossen die Tür hinter ihnen zu. Zu spät bemerkte Anna,
dass sie vergessen hatte, ein Buch mitzunehmen.

Sie kehrten in die Wohnküche zurück. Draußen vor
den Fenstern war es noch immer neblig und düster.
Jetzt war Anna froh über die Nähe des warmen Feuers.

Mrs Dalca ließ sich in einen Sessel in der Ecke fallen und griff nach einem großen Wollknäuel, schlang
sich die Fäden um die Finger und bewegte die Hände, bis alles scheinbar hoffnungslos verknotet war.
Anna hatte noch nie jemanden ohne Nadeln stricken
sehen. Sie war sich nicht sicher, was die alte Frau da
fabrizierte, aber die Wolle war pechschwarz – vielleicht stellten Hexen so ihre Kleider her?

»Isabella«, rief Mrs Dalca plötzlich.

Das eben noch so schüchterne Mädchen mit der Narbe auf der Wange tauchte wieder aus dem Nebenzimmer auf. Unerschrocken kam sie jetzt auf die Geschwister zu und lächelte freundlich.

»*Alo*. Ich heiße Isabella.«

»Hi.« Anna war erstaunt, dass Isabella fast akzentfrei sprach. »Ich heiße Anna, und das ist Max.«

Max hob skeptisch die Hand. Anna ertappte sich dabei, wie sie Isabellas Wange anstarrte. Die sichelförmige Narbe war weiß und schimmerte wie der echte Mond an einem klaren Nachthimmel.

»Deine Narbe ist sehr hübsch«, sagte sie kühn.

»Danke«, erwiderte Isabella. »Da bin ich vom Baum gefallen. Ich wollte bis ganz nach oben klettern, aber ein Ast ist abgebrochen, und beim Sturz habe ich diesen Kratzer abbekommen.« Sie fuhr mit dem Finger darüber. »Ich mag ihn. Er ist wie ein Geschenk des Waldes.«

Anna nickte und zog einen Schuh aus, um Isabella eine ihrer eigenen Narben zu zeigen: eine lange, gewundene Linie an der Seite ihres Fußes.

»Die habe ich aus einem See. Ein Ast hat knapp unter der Oberfläche getrieben, und ich habe beim Schwimmen dagegengetreten.«

»Nicht schlecht.« Isabella kicherte. »Vielleicht

war es ein Freund von dem Ast, der mich erwischt hat.«

Anna musste ebenfalls lachen. Isabella war ziemlich nett.

»Wollt ihr was spielen?«, fragte sie. »Solange wir uns alle paar Minuten am Feuer blicken lassen, hat Oma nichts dagegen.«

Also war Mrs Dalca Isabellas Großmutter! »Ja gerne«, antwortete Anna. »Und was?«

»Ich spiele am liebsten Verstecken«, meinte Isabella. »Aber ich kenne jeden Schlupfwinkel hier, das macht es ein bisschen unfair.«

»Ich bin richtig gut im Suchen«, meldete Max sich zu Wort. »Ich wette, ich könnte dich finden.«

Isabella grinste. »Na gut. Du zählst bis dreißig, und Anna und ich verstecken uns. Wer zuerst gefunden wird, hilft dir beim Suchen.«

»Alles klar.« Max hielt sich die Augen zu. »Eins, zwei, drei …«

Die Mädchen stoben davon. In der Pension gab es jede Menge gute Verstecke. Im Flur standen Truhen für Handtücher und Bettwäsche, in die man locker hineinpasste, und in den Schlafzimmern große Kommoden. Isabella war wie vom Erdboden verschluckt. Anna hatte keinen Schimmer, in welche Richtung sie gelaufen war. Plötzlich war sie am Ende des Flurs angelangt, vor der einzigen Tür, die noch hinter ihrem Zimmer lag.

»Dreißig!«, hörte sie Max rufen.

Schnell drückte sie die Klinke hinunter. Die Tür war schwer und ächzte widerwillig. Mit einem kräftigen Stoß schob Anna sie auf und schlüpfte hindurch.

Ihre Augen gewöhnten sich nur langsam an das schummerige Halbdunkel. Offenbar war sie in einem Abstellraum gelandet. Pappkartons und Holzkisten belegten einen Großteil des Bodens, und eine Wand war mit alten Schränken gesäumt. Anna huschte zum hintersten, stieg hinein und zog die Tür zu. Alles wurde schwarz.

Die Schranktür hatte ein großes Schlüsselloch. So vorsichtig wie möglich presste sie ein Auge dagegen. Max lugte manchmal durch die Finger, während er zählte. Hatte er beobachtet, in welche Richtung sie gerannt war?

Eine volle Minute verging. Gelangweilt ließ sie den Blick zum Fenster auf der gegenüberliegenden Seite des Zimmers wandern. Vielleicht war es nur eine optische Täuschung, aber der Regen schien nicht mehr ganz so heftig gegen die Scheibe zu prasseln, obwohl er noch lautstark wie eh und je aufs Dach trommelte. Eine Weile lauschte Anna dem seltsamen Rhythmus.

Plötzlich knarrte es.

Sie holte tief Luft und hielt den Atem an, um nicht das geringste Geräusch zu machen. Durchs Schlüsselloch konnte sie die Zimmertür nicht erkennen, doch sie war sich sicher, dass jemand im Rahmen stand und horchte. Deshalb bewegte sie sich keinen Millimeter und starrte weiter zum Fenster.

Als Sekunden später ein Blitz den Himmel zerriss, sah sie etwas, das sie nicht hätte sehen sollen: eine große Gestalt vor der Scheibe, mit weit geöffnetem Mund und lodernden weißen Augen.

Dann wurde die Schranktür aufgerissen.

4
Verbotene Wörter

»Hab dich!«, rief Max strahlend vor Stolz.

Anna fröstelte, als wäre ihr Blut zu Eis geworden. Mit zitterndem Finger deutete sie zum Fenster.

»Hast du das gesehen?«

Max drehte sich um. »Das war bloß ein Blitz.«

Anna beschlich das eigenartige Gefühl, dass sie dieses Gespräch schon einmal geführt hatten.

»Dieses Ding heute im Wald«, sagte sie langsam. »Das Dad für einen Bären gehalten hat ... Wie hat es ausgesehen?«

Max zuckte mit den Achseln. »Wie ein Mensch. Nur dass die Augen ganz weiß waren. Und sie haben irgendwie geleuchtet.«

Anna wusste genau, was er meinte. Sie hatte in dieselben Augen geblickt.

Und die hatten zurückgestarrt.

»Mit diesem Ort stimmt etwas nicht.« Anna kletterte aus dem Schrank und griff nach Max' Arm.

»Wir müssen hier weg. Wir müssen Dad holen und verschwinden, so schnell wie möglich.«

Max schenkte seiner Schwester ein ermutigendes Lächeln. »So schlimm ist es hier gar nicht. Und Dad kommt bestimmt bald wieder.«

Anna packte ihn an den Schultern. »Ich habe es auch gesehen. Das Ding aus dem Wald. Es hat vorm Fenster gestanden und reingestiert. Es verfolgt uns!«

Max wandte sich noch einmal um. Der Wald war so finster wie zuvor, und der Regen klatschte gegen die Scheibe. Was auch immer da draußen gelauert hatte, war fort.

»Vielleicht war es wirklich ein Bär«, murmelte er skeptisch.

»Nein, du hattest recht. Es war …« Anna unterbrach sich und dachte nach. Wenn es kein Bär gewesen war, was dann? Es hatte ein fast geisterhaft bleiches Gesicht gehabt und war sehr groß und sehr dünn gewesen. Ganz menschlich hatte es nicht gewirkt, und Anna kannte auch kein Tier, das so aussah. Aber eins war sicher: Das Ding war ihnen nicht freundlich gesinnt.

»Egal, was es war, wir sollten schleunigst abhauen.« Sie drückte Max' Schultern. Ihr kleiner Bruder hatte die Stirn gerunzelt und die Lippen geschürzt,

ein untrügliches Zeichen, dass er angestrengt überlegte. Sie seufzte. Seit seinem achten Geburtstag
hörte Max nicht mehr so leicht auf sie wie früher,
und sie stritten sich öfter. Würde er erkennen, wie
wichtig das hier war?

»Okay«, meinte er schließlich und nickte. »Rufen
wir Dad an.«

Anna umarmte ihn erleichtert.

Hand in Hand traten die Geschwister auf den Flur
und liefen eilig zurück in den Wohnraum. Mrs Dalca
saß immer noch in der Ecke und ließ die Finger ge-
schickt zwischen den schwarzen Wollfäden tanzen.
Die wachsende Strickarbeit wirkte wie ein lebendiger Schatten.

Anna räusperte sich. »Entschuldigen Sie, gibt es
hier irgendwo ein Telefon?«

Mrs Dalca blickte auf. Ihre Finger bewegten sich
weiter.

»*Nu*. Kein Telefon.«

»Oh.« Annas Stimme zitterte ein bisschen. »Wir
würden gern unseren Vater etwas fragen. Können
Sie uns zu ihm bringen?«

Mrs Dalca schüttelte den Kopf.

»Es wird bald Nacht. Wir bleiben hier.«

Anna musterte die alte Frau. Als sie das Wort
Nacht gesagt hatte, war etwas über ihr Gesicht ge-

huscht – ein Ausdruck, der Anna ganz und gar nicht gefiel.

Ein Hüsteln hinter ihnen ließ die Geschwister zusammenzucken. Sie fuhren herum. Isabella lehnte im Türrahmen und grinste.

»Habt ihr schon aufgegeben? Ich habe euch ja gewarnt, dass ich jeden Schlupfwinkel kenne.«

Anna wusste nicht, was sie antworten sollte. Max stand stocksteif neben ihr, die Stirn in Falten gelegt. Sie ahnte, was er dachte. Wenn Mrs Dalca sie gefangen halten wollte, dann war es nicht ausgeschlossen, dass Isabella – ihre Enkelin – ihr dabei half. Konnten sie dem Mädchen vertrauen? Und wie sollten sie das herausfinden?

Mrs Dalca unterbrach ihre Gedanken. »Isabella, *avem nevoie de lemn. Focul se stinge.*«

Isabella nickte. Anna wünschte, sie würde Rumänisch verstehen.

»Möchtet ihr mit rauskommen?«, fragte Isabella Max und sie. »Nur kurz hinters Haus, Holz holen.«

»Nein danke«, stieß Anna schnell hervor. Sie blickte auf Max hinunter und zerbrach sich den Kopf über eine Ausrede. »Max kränkelt ein bisschen«, log sie. »Wir bleiben besser drin, damit es nicht schlimmer wird.«

Max schniefte zur Bestätigung.

»*Adu' usturoi*«, krächzte Mrs Dalca.

»Hm. Okay. Dann bis gleich.«

Stumm schauten die Geschwister zu, wie Isabella in ein Paar Gummistiefel schlüpfte und sich einen dicken schwarzen Schal um den Hals schlang. Ohne sich noch einmal umzudrehen, öffnete sie die Haustür und verschwand. Irgendwie hatte Anna ein schlechtes Gewissen.

»Und was machen wir jetzt?«, fragte Max.

Anna betrachtete die Tür. »Wir könnten einfach davonrennen. Wie weit ist es wohl bis zur Bibliothek?«

Wie als Antwort zuckte ein gewaltiger Blitz über den Himmel, säumte die Kronen der Bäume mit einem gezackten Lichtband und ließ die zahllosen Regentropfen wie tausende Diamanten glitzern. Der Donner folgte auf dem Fuß. Es krachte und grollte so laut, dass die Wände des Hauses erzitterten.

»Das ist, glaube ich, keine gute Idee«, meinte Max.

Mrs Dalca hatte die Wolle beiseitegelegt und murmelte vor sich hin, eine faltige Hand vor dem Gesicht. Ihre Finger krümmten und wanden sich, als wollte sie mit der Luft weiterstricken.

»*Fantomă furtună*«, sagte sie. »*Strigoi furtună Dispari!* »

Verwirrt sah Anna sie an. Eins der Wörter rief etwas in ihr hervor, eine fast vergessene Erinnerung. Wo hatte sie es nur schon einmal gehört? Sie kramte in ihren Gehirnwindungen, doch die Bilder entflohen ihr, ehe sie sie greifen konnte. Irgendwann beschloss sie, alle Vorsicht über Bord zu werfen.

»Was bedeutet *strigoi*, Mrs Dalca?«, fragte sie.

Die alte Frau riss die Augen auf.

»Du darfst dieses Wort nicht benutzen. Ich verbiete es dir!«

»Und warum nicht?« Allmählich gingen Anna die vielen Regeln gehörig auf die Nerven. »Was passiert denn, wenn ich *strigoi* sage? Würde es Sie stören, wenn mir *strigoi* versehentlich herausrutscht?«

Mrs Dalca erhob sich. Ihr Gesicht war so finster wie die Gewitterwolken.

»Hör sofort auf damit, sonst sperre ich dich in den Schrank!«

Anna entschied sich für den Rückzug. Gleichzeitig rannten die Geschwister los. Sie flüchteten durch den Flur, stürmten in ihr Zimmer und knallten die Tür hinter sich zu, die man zu ihrem Entsetzen nicht abschließen konnte.

»Was jetzt?«, fragte Max keuchend.

Sie hörten Mrs Dalca im Wohnzimmer fluchen. Anna stemmte sich mit aller Kraft gegen das Holz, doch die alte Frau folgte ihnen nicht. Nach einer

Weile ließ Anna sich zu Boden sinken, zog die Beine an und stützte den Kopf in die Hände.

»Sie muss uns gar nicht hinterher«, sagte sie unglücklich. »Wir sitzen in diesem Haus fest. Sie kann mit uns machen, was sie will!«

Sie schaute Max an und hoffte, dass er zu weinen anfangen würde. Er war jünger als sie und verlor normalerweise schneller die Fassung. Sobald er eine Träne vergoss, durfte auch sie weinen.

Diesmal allerdings überraschte ihr kleiner Bruder sie. Er setzte sich an ihre Seite, nahm ihre Hand und drückte sie fest.

»Irgendetwas geht hier vor sich«, meinte er. »Und wir sind die Einzigen, die das Rätsel lösen können. Wir müssen bloß alle Puzzleteile zusammensetzen. Du bist doch gut in so was, Anna. Das ist wie in deinen Märchen. Wir müssen die Bösen überlisten!«

Wie in deinen Märchen.

Anna schnappte nach Luft. Max hatte recht – und zwei Puzzleteile hatten sich soeben ineinandergefügt.

»Jetzt weiß ich, woher ich das Wort kenne!«

Sie sprang auf und durchquerte das Zimmer. Ihre Bücher warteten geduldig auf dem Nachttisch. Sie griff nach dem kleinsten, einem dünnen Büchlein mit verblichenem rotem Einband. Die goldenen

Buchstaben waren halb abgeblättert, trotzdem war der Titel noch lesbar: PHANTASTISCHE GE-SCHICHTEN FÜR KÜHNE KINDER. Es war ihr ältestes Buch und das, das sie am längsten besaß. Ihr Vater behauptete, sie hätte es als Kleinkind aus seinem Büro geklaut, auch wenn das eigentlich nicht stimmen konnte – das Arbeitszimmer schloss der sonst so zerstreute Professor nämlich immer gewissenhaft ab. Und obwohl er die Anekdote oft zum Besten gab, hatte er das Buch nie zurückverlangt. Inzwischen war es eins von Annas wertvollsten Besitztümern.

Sie überflog die Seiten. Die Märchen in der ersten Hälfte waren schaurig schön, aber die zweite war noch besser. Hier standen die Regeln, die man beim Betreten eines verwunschenen Waldes befolgen sollte, einschließlich aller Möglichkeiten, die zahlreichen Fabelwesen und ihre Zauber zu bezwingen. Die meisten kannte Anna auswendig: *Nimm von einer Fee nichts zu essen an. Verrate einer Fee niemals deinen wahren Namen. Erzähle einer Fee keinesfalls, wohin du willst und was du vorhast.* Sie übersprang die Kapitel über Trolle und Flaschengeister, Meerjungfrauen und Drachen, bis sie endlich fand, was sie suchte. Laut las sie vor:

»Wenn ein Feenwesen stirbt, stirbt seine Magie

nicht immer mit ihm. Die nun in einem toten Körper gefangenen Kräfte verwandeln ihren Wirt in ein völlig anderes Geschöpf: ein Ungeheuer, das sich vom Blut der Lebenden ernährt. Diese untoten Feen sind unter vielen Namen bekannt, darunter *Lilith*, *Mandurugo*, *Jiang Shi* und *Strigoi*.«

Sie hatte das Wort entdeckt – aber was bedeutete es? Ihr Blick huschte zum nächsten Satz. Ein Schauder lief ihr über den Rücken.

»Was steht da noch?«, fragte Max.

Anna schluckte nervös.

»Am häufigsten jedoch werden die blutsaugenden Kreaturen als *Vampire* bezeichnet.«

Die Zimmertür krachte auf, und Mrs Dalca stürmte mit blitzenden Augen herein.

»Ihr wart sehr böse«, sagte sie pfeifend. »Ihr müsst ohne Abendessen ins Bett.«

Das klang für Anna eher nach einer Belohnung als nach einer Strafe – sie hatte ohnehin keinen Appetit auf noch mehr Knoblaucheintopf. Das Märchenbuch versteckte sie hinter ihrem Rücken, in der Hoffnung, dass die alte Frau es nicht bemerkte.

»Was ist das? Was hast du da in der Hand?«

Anna saß in der Falle. Mrs Dalca marschierte auf sie zu und entriss ihr das zerlesene rote Büchlein, hielt es sich dicht vors Gesicht und versuchte, den

Titel zu entziffern. Sie formte die Worte langsam mit dem Mund, dann lächelte sie triumphierend.

»Das nehme ich mit. Heute Nacht gibt es keine Geschichten mehr für euch.«

5
Geisterstunde

Anna hätte nicht geglaubt, dass der Himmel noch dunkler werden könnte, aber allmählich wurde es wirklich Nacht, und mit jedem neuen Schatten verdichtete sich auch der Nebel. Der Wind trug unheimliche Geräusche aus dem Wald zu ihnen: ein Kratzen und Knacken und Rascheln, oft gefolgt von einem leisen Heulen.

Die alte Hexe hatte Annas Buch einkassiert. Anna wünschte, sie hätte schneller gelesen oder wäre gleich zu jenem Teil geblättert, in dem erklärt wurde, wie man die Ungeheuer abwehrt – oder am besten ganz vernichtet. Sie konnte sich nur an das erinnern, was jedes Kind wusste: dass Vampire kein Sonnenlicht vertrugen, sich manchmal in Fledermäuse oder andere kleine Tiere verwandelten und vor bestimmten Pflanzen Reißaus nahmen. Aber wie viel davon stimmte tatsächlich, und wie viel war der Phantasie der Geschichtenerzähler entsprungen? Wann war zum letzten Mal jemand einem *echten* Vampir begegnet? In ihrem Märchenbuch würde sie hoffentlich ein paar Antworten finden.

Ihr Plan war simpel. Max und sie würden warten, bis Mrs Dalca schlief, und sich das Buch zurückholen.

Es gab nur ein Problem: Sie waren völlig ausgelaugt.

Um sich wachzuhalten, zog Anna das Banner wieder aus dem Schrank und breitete es vorsichtig auf dem Boden aus. Dieses Stück Stoff war ein weiteres Puzzleteil, nur hatte sie nicht die geringste Ahnung, wo es hinpassen sollte. Sie fuhr mit den Händen über die goldenen Flügel des Adlers, wischte den Staub von den Spitzen der Federn, bedeckte das boshafte Auge und streckte die Finger, um den gekrümmten Schnabel zu berühren. Nichts half. Das Banner schien aus einem ganz anderen Puzzle zu stammen.

»Ich bin müde«, sagte sie gähnend.

Max saß auf seinem Bett und warf einen Blick zur Uhr auf dem Nachttisch. Es war erst neun.

»Mrs Dalca schläft bestimmt noch nicht. Wir müssen länger aufbleiben.«

»Aber wenn wir uns nicht ausruhen, sind wir am Ende zu ungeschickt, um uns in ihr Zimmer zu schleichen«, meinte Anna. »Wir sollten ein Nickerchen machen.«

Max runzelte die Stirn und dachte nach. Die Erschöpfung legte sich wie eine warme Decke über Anna. So viel hatte sich ereignet, seit sie in Transsilvanien angekommen waren. Hatten sie sich nicht eine kleine Pause verdient?

»Gute Idee«, befand Max schließlich. »Aber wir müssen uns abwechseln, damit immer jemand Wache halten kann. Ich übernehme die erste Schicht, wenn du willst.«

Anna lächelte dankbar. Als sie aufstand, sah sie, dass er gerade seinen Süßigkeitenvorrat vernichtete. Bei dem vielen Zucker war es kein Wunder, dass er fitter war als sie.

»Weck mich um halb elf.« Sie schlüpfte ins Bett und kuschelte sich unter die schwere braune Decke.

Max antwortete noch irgendetwas, aber ihre abgekämpften Ohren hörten nur unverständliches Genuschel. Innerhalb von Sekunden schlief sie tief und fest.

Und fing an zu träumen …

Der Garten ist schön. Blumen in jeder Form und Farbe wiegen sich sanft im Wind. Der Garten ist ein sicherer Ort.

Er liegt im Hof eines großen Schlosses. Banner flattern an den Zinnen. Es ist schwierig, sie richtig zu erkennen. Manchmal wirken sie blau, dann wieder rot oder gelb.

Manchmal sehen sie aus wie Fledermäuse.

Die Wände im Schloss sind vertäfelt. Hinter einer bestimmten Platte befindet sich eine Treppe, die zu einem weißen Steingang führt. Am Ende dieses Ganges geht es durch eine eiserne Tür zum Kerker.

Der Kerker wurde extra für das Ungeheuer gebaut. Es ist dazu verdammt, bis in alle Ewigkeit dort zu leben. So lautet die einzige Regel im Schloss: Das Ungeheuer darf niemals entkommen.

Die Eisentür steht offen.

Im Steingang ist es kalt und still. Der Kerker hinter der Eisentür wirkt wie ein schwarzes Loch in einem Zahn.

Sie muss rennen. Sie muss vom Kerker wegrennen, den weißen Steingang entlang, die Treppe hinauf, durch die geheime Wandplatte. Der Garten wartet. Der Garten ist ein sicherer Ort.

Das Ungeheuer ist schnell.

Max und der Professor stehen auf den Stufen. Sie rufen, winken sie zu sich.

»Lauf, Anna! Dreh dich nicht um. Lauf, so schnell du kannst!«

Hier im Schloss fühlt sich Rennen an wie Gehen. Mit jedem Schritt entfernt sich die Treppe ein Stück weiter. Die Anfeuerungsrufe werden immer leiser.

Das Ungeheuer hat einen großen Mund. Seine Zähne sind lang und spitz.

Und es tropft etwas von ihnen herunter.

Tropf.

Tropf.

Tropf.

Anna schreckte aus dem Schlaf. Es kam ihr vor, als wäre sie aus großer Höhe aufs Bett gefallen. Ihr Atem ging schnell und stoßweise. Sie starrte an die Decke, die nicht aus weißem Stein bestand. Es dauerte eine Weile, bis sie begriff, dass sie geträumt hatte, und ihr wieder dämmerte, wo sie war und warum.

Nichts davon erklärte allerdings, weshalb sie immer noch kalte Tropfen auf der Stirn spürte.

Langsam drehte sie sich um und blickte durchs dunkle Zimmer. Das Ziffernblatt der Uhr auf dem Nachttisch leuchtete. Ein Tropfen Wasser lief an den dünnen Zeigern hinunter, die beide gerade nach oben gerichtet waren. Es war Mitternacht. Max hätte sie vor über einer Stunde wecken sollen. Offenbar war er eingeschlafen. Unter der Decke schaute nur ein struppiger Haarschopf hervor.

Außerdem war das Fenster aufgeflogen. Regen wehte herein und spritzte Anna auf Nase und Wangen. Ihre Bücher lagen auf dem Boden. Sie zog sich die Decke über den Kopf. Es war viel zu warm und gemütlich im Bett, um gleich aufzustehen. Vielleicht würde ihnen ja doch nichts Schlimmes passieren … Hätte Mrs Dalca wirklich einen finsteren Plan, so hätte sie ihn sicher in die Tat umgesetzt, während die Geschwister schliefen.

Wenn Anna jetzt wieder einschlummerte, würde sie wahrscheinlich erst am Morgen aufwachen. Bis dahin war hoffentlich auch ihr Vater zurück. Dann könnten sie von hier verschwinden, und alles wäre wieder in Ordnung.

Sie musste nur das Fenster schließen.

Es war noch kälter im Zimmer als vor ein paar Stunden. Anna schlug die Decke zurück und wälzte sich aus dem Bett. Als ihre Fußsohlen mit dem feinen Wasserfilm auf dem Boden in Berührung kamen, zuckte sie zusammen. Die Holzdielen knarrten bei jedem Schritt. Genau wie Anna schienen sie nicht gerade glücklich darüber zu sein, so spät gestört zu werden.

Die Fensterläden klapperten wie verrückt. Anna

packte den ersten und versuchte, ihn wieder zu schließen, obwohl der Wind sie mit aller Macht daran hindern wollte. Noch nie hatte sie einen so heftigen Sturm erlebt. Die Böen fegten durchs Fenster wie Faustschläge und trafen brutal ihren Körper, bis sie fast hintenüberfiel. Mit einem kräftigen Ruck zerrte sie den Fensterladen zu. Jetzt ähnelte das Fenster einem Schmetterling mit nur einem Flügel, der wild hin und her flatterte. Schnell griff sie nach dem zweiten Fensterladen. Ihre Finger waren schon ganz taub.

Plötzlich hielt sie inne. Aus dem Wald drangen Geräusche, die vorher nicht da gewesen waren. Seltsame Geräusche, die der wütende Wind vom Berghang herübertrug und ihr ins Ohr zischte. Sie klangen wie Wörter, die allerdings in so großer Entfernung ausgesprochen wurden, dass Anna sie nicht verstand.

Hatte sich da draußen jemand verirrt?

Sie konnte nichts erkennen. Der Mond war blass und milchig, wie ein blindes Himmelsauge. Die Gewitterwolken verschluckten das Sternenlicht, bevor es die Bäume erreichte, und die wenigen Strahlen, die ihnen entflohen, wurden sogleich vom Nebel aufgesaugt.

Doch die Rufe konnte er nicht zum Verstummen bringen – denn es waren fraglos Rufe, die mit jedem Windstoß deutlicher wurden. Eine verzweifelte Stimme schrie, nein, brüllte ihre Botschaft durch die Nacht. Anna warf einen Blick über die Schulter auf Max' Haar. Sollte sie ihn wecken? Konnte er helfen?

Sie drehte sich wieder zum Fenster und lauschte angestrengt, in der Hoffnung, ein bestimmtes Wort, eine klare Anweisung auszumachen. Die stechenden Tropfen auf ihren Wangen beachtete sie gar nicht, sie konzentrierte sich nur auf die Geräusche, die merkwürdigen Klangsplitter.

Und nach einer Minute geduldigen Wartens wehte der Wind endlich zwei vollständige Sätze zu ihr.

»Anna, hilf mir! Pass auf!«

Sie schnappte nach Luft. Diese Stimme kannte sie. Und zwar schon seit gut acht Jahren.

Die Wolken teilten sich. Das bläuliche Licht des Mondes fiel ungehindert auf den Berghang und beschien eine Gestalt, die sich schnellen Schrittes von der Pension entfernte. Auf dem Rücken trug sie ein Bündel – ein zappelndes Bündel, das mit den Fäusten um sich schlug und in den Sturm rief: *»Anna! Raus da, sonst frisst er dich!«*

Jetzt wandte die Gestalt sich um und starrte zurück zum Haus. Ihre weißen Augen leuchteten durch den Nebel wie zwei helle Sterne.

Anna hörte ein Knurren.

Irgendetwas erhob sich aus Max' Bett – etwas, das von Kopf bis Fuß mit struppigem braunem Haar bewachsen war. Sie wich zurück, während die Decke ein Tier enthüllte, dem sie nie hatte gegenüberstehen wollen.

Der Bär fletschte die langen, spitzen Zähne und kam auf sie zu, die Pranken bereit zum Angriff.

6
Unterm Bett

Der Bär holte zu einem tödlichen Schlag aus. Anna warf sich zu Boden. Die brutalen Klauen sirrten genau dort durch die Luft, wo eben noch ihr Kopf gewesen war. Sie ähnelten ungepflegten Fingernägeln, lang, gekrümmt und schwarz, und konnten bestimmt mühelos ein Kind aufschlitzen.

Der Bär erhob sich auf die Hinterbeine und knurrte erneut – ein grässliches Geräusch irgendwo zwischen dem Bellen eines Hundes und dem Brüllen eines Löwen, das jedes einzelne Härchen an Annas Körper aufstellte. Die Zimmertür war zu weit weg, um zu fliehen. Panisch krabbelte sie unter ihr Bett und presste sich flach an die Wand. Ihr Herz pochte so laut, dass es eigentlich jemand hätte hören müssen.

»Hilfe«, versuchte sie zu rufen, doch ihre Kehle war wie zugeschnürt. »Bitte, irgendwer!«

Der Bär senkte den Kopf und starrte sie aus schmalen schwarzen Augen an. Dann ließ er eine

Pranke vorschnellen und wie wild hin und her peitschen. Die Krallen zischten nur wenige Zentimeter an Annas Nase vorbei. Sie hatte zu viel Angst, um noch einen Schreiversuch zu wagen, ja, sie konnte kaum denken. Was sollte sie bloß tun? Wie konnte ein Kind einen ausgewachsenen Bären bezwingen? Fieberhaft suchte sie nach einer Lösung.

Hey, Anna, hier unten ist etwas!

Eine Erinnerung schoss ihr durch den Kopf. Max hatte etwas entdeckt, als sie das Adlerbanner betrachtet hatte, und zwar hier unter ihrem Bett.

Der Bär hatte sich zurückgezogen. Vielleicht überdachte er seine Taktik? Schnell tastete Anna die staubigen Dielen ab. Ihre Fingerspitzen hinterließen Schleifen und Schlangenlinien, während sie verzweifelt jeden Schatten erforschten.

Eins der Bretter wackelte.

Ein Fünkchen Hoffnung wärmte Annas Brust. Alles, was sie bisher in Transsilvanien erlebt hatte, war völlig irrwitzig gewesen. War es also wirklich unvorstellbar, dass es in ihrem Zimmer einen Geheimgang gab, der ihr zur Flucht verhelfen würde? Sie bohrte die Fingernägel in den Spalt und hob das Brett an. Zwei rostige Nägel ragten aus der Unterseite wie die Fangzähne jenes Ungeheuers, über das sie gerade nicht weiter nachgrübeln wollte.

Alle anderen Bretter saßen jedoch bombenfest. Enttäuscht maß Anna das winzige Loch. Da passte höchstens eine Maus durch, aber sicher kein elfjähriges Mädchen.

Plötzlich tauchten die struppigen Pfoten wieder auf, und das Bettgestell fing an zu wackeln. Der Bär wollte mit seiner bestialischen Kraft Annas Versteck anheben!

Möglicherweise fand sie einen geheimen Schalter, der eine Falltür öffnen und sie in Sicherheit bringen würde. Anna steckte die Hand in das Loch und fühlte blind umher.

Ihre Finger schlossen sich um einen Griff.

Es war, als würde etwas in ihr explodieren. Adrenalin schoss ihr durch den Arm, als sie den Gegenstand hervorzog, der ihr ganz bestimmt das Leben retten würde.

Das Bett flog hoch und krachte gegen die Wand. Der Bär baute sich drohend vor ihr auf, die Zähne gefletscht, die Pranken erhoben. Anna streckte ihm das mysteriöse Ding entgegen.

»Zurück mit dir«, rief sie. »Verschwinde!«

Keiner bewegte sich. Sie starrte das Ding an, genau wie der Bär.

Sie hatte keinen Schimmer, was es war.

Es hatte ungefähr die Länge eines Schullineals

und ähnelte einem Schwert, bestand aber nicht aus Metall. Die Klinge war dünn und cremefarben, wie Narbengewebe oder der Mond in einer bewölkten Nacht. Die Kanten wirkten sehr scharf und verjüngten sich zu einer zarten, fast nadelfeinen Spitze, die Anna in der Dunkelheit kaum erkennen konnte.

Der untere Teil des Dolches (denn das musste es wohl sein) war mit einem Lederband umwickelt. Er lag gut in der Hand und fühlte sich warm an, als hätte er in der Nähe eines Feuers gelagert. Sein Gewicht beruhigte sie irgendwie.

Anna beobachtete den Bären, wartete darauf, dass er sich regte. Die kleinen schwarzen Augen fixierten die Waffe, ohne zu blinzeln. Zum ersten Mal schien das Tier unsicher, was es als Nächstes tun sollte.

Dann verneigte es sich. Es setzte sich auf den Boden und beugte sich vor, legte die Schnauze vor Annas Füße und schnaubte beinahe freundlich.

Stille breitete sich aus. Der Dolch in Annas Hand zitterte unkontrolliert. Der Kampf war vorüber, und sie hatte nicht die geringste Ahnung, warum. Mit der freien Hand kraulte sie den Bären hinter den Ohren. Er schnaubte noch einmal und schnupperte an ihrer Haut, als sie mit den Fingern durch sein braunes Fell fuhr.

Jetzt ließen sich die Tränen nicht mehr hinunterschlucken. Unaufhaltsam liefen sie Anna über die Wangen, während sie allein in dem Zimmer saß, aus dem ihr kleiner Bruder soeben entführt worden war, und die Nase eines Bären tätschelte, der sie am liebsten als Mitternachtssnack verspeist hätte. Sie dachte an ihren Vater, der weit weg bei seinen Büchern war und überhaupt nicht wusste, was für schrecklichen Gefahren seine Kinder ausgesetzt waren. Und sie dachte an zu Hause.

Als sie sich ausgeweint hatte, stand sie auf. Der Bär schaute sie fragend an.

»Du bleibst hier«, sagte sie. »Oder du trollst dich. Mir egal. Aber ich muss los, meinen Bruder retten.«

Mit der Dolchspitze deutete sie auf Max' Bett. Der Bär kletterte auf die Matratze, rollte sich ein und legte den Kopf auf die Pfoten. Nach einem letzten Blick in ihre Richtung schloss er die Augen.

»Ähm. Gut. Danke«, brummte Anna und ging zur Tür. Noch bevor sie sie hinter sich zugezogen hatte, schnarchte das Tier schon friedlich.

Sie marschierte direkt zu Mrs Dalcas Zimmer. Die Tür war abgesperrt, deshalb klopfte sie an das Holz, wieder und wieder und wieder, in einem steten Rhythmus, bis auf der anderen Seite Bewegung zu hören war.

»*Ce vrei?*«, fragte die alte Frau durchs Schlüsselloch. Vom Schlaf klang ihre Stimme noch heiserer als sonst. »Wer ist da? Was willst du?«

»Ich bin's, Anna. Ich will mein Buch zurück.«

»Verschwinde, freches Gör. Geh wieder ins Bett.«

»Das kann ich nicht. In meinem Zimmer ist ein Bär, und ich muss einen Vampir bekämpfen, der meinen Bruder entführt hat. Also geben Sie mir einfach mein Buch. Dann lasse ich Sie auch in Ruhe.«

Keine Reaktion. Mrs Dalca murmelte irgendetwas vor sich hin, das Anna nicht verstand.

Sie ballte die Faust, um noch einmal besonders laut zu klopfen, da regte sich etwas am Ende des Flurs. Anna wirbelte herum, den Dolch drohend erhoben. Die Gestalt erstarrte, verborgen in der Dunkelheit.

Plötzlich fragte eine leise Stimme: »Anna?« Isabella trat ins Licht und rieb sich den Schlaf aus den Augen. »Was ist los?«

Anna ließ den Dolch sinken und musterte das Mädchen eindringlich. Konnte sie Isabella vertrauen?

»Ich will zu deiner Großmutter«, antwortete sie schließlich. »Sie hat mir etwas weggenommen, das ich gern wiederhätte.«

Isabella runzelte die Stirn. »Oma verlässt ihr Zimmer nie nach Einbruch der Dunkelheit. Ihre Tür bleibt von Sonnenuntergang bis Sonnenaufgang zu. So ist es sicherer, meint sie.«

»Isabella«, rief Mrs Dalca. »*Du-te înapoi la culca-re!*«

»Was hat sie gesagt?«, fragte Anna.

»Dass ich schlafen gehen soll. Sie mag es nicht, wenn ich nachts im Haus herumlaufe.« Neugierig betrachtete Isabella den Dolch in Annas Hand. »Was ist das?«

Anna stöhnte frustriert. »Ich brauche mein Buch. Es sei denn, *du* kannst mir erklären, wie man einen Vampir besiegt. Einen *strigoi*. So einer hat nämlich Max entführt, und ich kann echt nicht noch mehr Zeit vergeuden.«

Sie sprach so ruhig wie möglich. Zu ihrer Überraschung lächelte Isabella bloß.

»Es gibt keine *strigoi*. Das ist nur ein Schauermärchen, das man kleinen Kindern erzählt. Meine Oma behauptet immer, wenn ich meine Suppe nicht aufesse, kommt der alte Graf von seinem Berg runter und holt mich. Angeblich kocht sie deshalb auch mit so viel Knoblauch – um die Vampire fernzuhalten. Aber eigentlich schmeckt es ihr einfach.«

Knoblauch – um die Vampire fernzuhalten. Die Zeile hätte aus Annas Märchenbuch stammen können. Jäh sah sie vor sich, wie Max beim Mittagessen grinsend die Suppe in den Blumentopf kippte.

Sie schnappte nach Luft. »Max hat keinen Knoblauch gegessen. Deshalb konnte der Vampir ihn sich schnappen. Wir müssen ihm Suppe bringen!«

Wieder lächelte Isabella. »Du hast bloß schlecht geträumt. Ich begleite dich zu deinem Zimmer, ja? Max geht es bestimmt gut.«

»Tut es nicht«, erwiderte Anna.

Doch Isabella war schon fast an ihrer Tür angelangt.

»Vorsicht! Da drin ist ein Bär.«

Isabella öffnete die Tür und starrte volle fünf Sekunden lang reglos hindurch. Dann wurde sie bleich und schloss die Tür wieder.

»Ich habe meine Meinung geändert«, sagte sie. »Ich fürchte, wir stecken in Schwierigkeiten. Sehr großen Schwierigkeiten.«

7
Legenden und Landkarten

Isabellas Zimmer befand sich hinter der Küche. Es lag ganz in der Nähe des Kamins und war deshalb wärmer als jedes andere im Haus. Die Wände waren mit Zeichnungen von Bäumen und Blumen bedeckt, als hätte sich der Wald durchs Fenster gestohlen und dort Wurzeln geschlagen.

Isabella marschierte schnurstracks auf ihren Schrank zu und holte zwei Regenjacken heraus.

»Hier.« Sie reichte Anna eine. »Die brauchen wir garantiert.«

Die Jacke war schwarz und innen mit weichem Fleece gefüttert. Damit wären sie draußen in der Dunkelheit gut getarnt.

Anschließend kramte Isabella aus der hintersten Ecke einen alten braunen Rucksack hervor. Sein Boden wurde von mehreren Flicken zusammengehalten, und die Schulterriemen wirkten ziemlich zerschlissen. Isabella öffnete die Umschlagklappe und beförderte eine metallene Thermoskanne zu Tage.

»Das ist meine Abenteuerausrüstung. Die nehme ich immer mit, wenn ich klettern gehe. Da sind lauter nützliche Dinge drin.«

Es schien beschlossene Sache zu sein, dass Isabella Anna bei Max' Rettung helfen würde. Anna schaute in den Rucksack und entdeckte ein Seil und ein Taschenmesser, eine Verbandsrolle, ein Skizzenbuch und ein paar Bleistifte. Eine so gute Abenteuerausrüstung hätte sie selbst gern gehabt …

»Deinen Dolch könnten wir in ein Handtuch wickeln und mit dazupacken«, meinte Isabella.

Offenbar dachte sie, Anna hätte den weißen Dolch von zu Hause mitgebracht.

»Der gehört mir eigentlich gar nicht. Ich habe ihn in meinem Zimmer gefunden, unter einem losen Dielenbrett.« Sie legte ihn auf Isabellas Bett. Sofort fühlte sich ihre Hand kälter an.

Isabella musterte den Dolch. Als sie einen Finger ausstreckte und die Klinge anstupste, keuchte sie auf. Ein Schnitt klaffte in ihrer Haut, so tief, dass ein Blutstropfen herausquoll. Schnell steckte sie den Finger in den Mund und saugte daran.

»Ich habe ihn kaum berührt«, ächzte sie leise.

Anna betrachtete die kleine Waffe staunend. »Kein Wunder, dass der Bär Angst vor mir hatte.« Isabellas

Zimmer war gut beleuchtet, doch die dünne Dolchspitze war nach wie vor fast unsichtbar.

»Irgendwie sieht er aus wie ein Zahn«, sagte Isabella. »Glaubst du, er hat etwas mit dem Vampir zu
tun?«

»Ja. Aber keine Ahnung, was genau. Bevor wir
aufbrechen, habe ich jede Menge Fragen.«

Isabella nickte. »Du willst alles erfahren, was ich
über die *strigoi* weiß.«

Die beiden Mädchen wanderten zurück in die
Küche, wo der kupferne Kochtopf noch immer über
dem Feuer hing. Isabella kippte das Wasser aus der
Thermoskanne in die Spüle und fing an, mit einem
Schöpflöffel warme Suppe einzugießen. Knoblauch-
geruch erfüllte das Zimmer.

»Hier draußen gibt es kein Dorf oder so etwas«,
berichtete sie. »Die wenigen Leute in der Gegend
leben irgendwo im Wald, versteckt vom Rest der
Welt, wie meine Oma gern sagt. Aber obwohl unsere Gemeinde so klein ist, hatten wir früher mal einen
Grafen. Der hat oben auf dem Berg in seinem Schloss
gewohnt und uns beschützt.«

Ein Graf war ein Adliger, das wusste Anna. Er ge-
hörte meist zu einer uralten Familie, die seit Hunderten von Jahren am selben Ort lebte und den Titel
von Generation zu Generation weitervererbte.

»Er ist gestorben, als Oma noch ein Kind war.«
Isabella schraubte die Thermoskanne zu und steckte sie zurück in den Rucksack. »Und er hatte keine
Nachkommen. Bis dahin stimmt alles noch, glaube
ich. Den nächsten Teil habe ich immer für eine Le-
gende gehalten.«

Sie schaute düster in Richtung Flur. Anna ahnte,
was sie dachte. Nach Max' Entführung und dem
Bären in seinem Bett klangen inzwischen selbst die
verrücktesten Geschichten plausibel. Isabella holte
tief Luft.

»Die Leute aus der Gegend kamen zusammen.
Irgendjemand behauptete, der Graf sei verflucht. Er
würde von den Toten zurückkehren und alle heim-
suchen, die im Wald wohnten. Es gebe nur einen
Weg, um sicherzustellen, dass er sich nicht in einen
strigoi verwandelt.«

»Und welchen?«, fragte Anna drängend.

Isabella griff nach einem Scheit Holz und warf ihn
ins Feuer.

»Sie haben sein Schloss niedergebrannt«, sagte
sie schlicht. »Und all seine Besitztümer zerstört, damit er keinen Grund hatte, sein Grab zu verlassen.
Deswegen steht heute bloß noch eine Ruine oben
auf dem Berg.«

»Aber es hat nicht funktioniert«, erwiderte Anna

langsam. »Und deine Oma weiß das. Sie geht nachts nicht aus dem Haus und serviert dir jeden Tag Knoblauch. Was macht sie noch?«

Isabella überlegte. »Sie nennt solche Unwetter wie heute *strigoi furtună* Ich habe immer gedacht, damit meint sie das Geräusch des Windes.« Als sie Annas verwirrten Gesichtsausdruck bemerkte, erklärte sie: »Auf Rumänisch bedeutet *strigoi* nicht nur Vampir, sondern auch Schrei.«

Schreisturm. Vampirsturm. Annas Blick wanderte zum Fenster. Das Wetter war konstant scheußlich, seit sie hier angekommen waren – beinahe unnatürlich scheußlich. Jetzt kannten sie den Grund dafür.

»Also können Vampire das Wetter kontrollieren?«, fragte sie. »Na wunderbar. Sonst noch was?«

Isabella schüttelte den Kopf. »Ich glaube nicht.«

Anna dachte an den Bären in ihrem Zimmer. »Ich wette, sie können auch Tiere kontrollieren. Vielleicht hat deine Oma davon keine Ahnung.«

»Gut möglich«, meinte Isabella.

Anna grübelte über alles nach. »Wenn der Vampir der alte Graf ist, lebt er bestimmt im ausgebrannten Schloss. Dorthin hat er Max verschleppt. Kennst du den Weg?«

»So weit oben war ich noch nie. Aber ich kann es dir auf einer Karte zeigen.«

Sie rannte wieder in ihr Zimmer und ließ Anna in der Küche allein. Die Aussichtslosigkeit der Situation nagte an Annas Mut. Der Vampir war ein mächtiges Ungeheuer, das sich in einer von einem magischen Sturm umtosten Festung verschanzt hatte. Wenn Feuer ihn nicht hatte aufhalten können, was sollten dann zwei Kinder ausrichten? Womöglich kämpften sie sich bis zum Schloss durch, nur um am Ende selbst in die Fänge des Vampirs zu geraten.

»Guck mal.« Isabella kehrte zurück. »Ich habe deinen Dolch mitgebracht.«

Anna setzte ein tapferes Gesicht auf. Und kaum lag der ewig warme Griff in ihrer Hand, *fühlte* sie sich auch tapfer.

Isabella entrollte eine Landkarte und drückte die Ecken auf den Boden. Es war eine sehr alte Karte, die mit gedrucktem Text und einer kleinen, ordentlichen Handschrift beschrieben war.

»Hier sind wir.« Sie deutete auf ein als PENSIUNE markiertes Quadrat unterhalb des Gebirgszugs, der mehr als die Hälfte der Karte einnahm und mit dem Wort CARPAȚI bezeichnet war.

Doch Anna schaute gar nicht hin. Sie hatte etwas anderes entdeckt, inmitten des riesigen Waldgebiets: die BIBLIOTECĂ. Sie war meilenweit entfernt von der Pension – meilenweit entfernt von allem, um genau zu sein. Ihr Vater war noch unerreichbarer, als sie gedacht hatte.

Isabella fuhr unterdessen eine Linie nach, die so dünn und verblichen war, dass sie wohl mit Bleistift eingezogen worden sein musste. Ihre Fingerspitze überquerte einen Fluss und hielt am Gipfel einer Anhöhe an. Zielsicher tippte sie darauf.

»Das ist es. Siehst du das Wappen?«

Anna riss sich von der Bibliothek im Nirgendwo los und schnappte nach Luft, als sie die schildförmige Markierung erkannte. Ein winziger Vogel mit ausgebreiteten Schwingen war darauf abgebildet. In den Klauen trug er eine Mondsichel, die er vom Nachthimmel – oder von der Wange eines mutigen Mädchens – geraubt hatte.

Jetzt hatte Anna alle dunklen, unheilvollen Puzzleteile beisammen. Wie erstarrt saß sie da, mit offenem Mund, und fügte sie im Geiste ineinander.

»Dieses Symbol …« Isabella musterte sie neugierig, während sie ihre Gedanken sortierte. »Die Leute aus dem Wald wollten alle Besitztümer des Grafen verbrennen, damit er sich nicht in einen Vampir verwandelt. Aber es ist trotzdem passiert. Also müssen sie etwas vergessen haben. Irgendetwas, das dem Grafen gehört, hat das Feuer überlebt.«

Isabella zuckte mit den Achseln. »Vermutlich. Aber es könnte alles Mögliche sein.«

Anna sprang auf. »Auf meinem Schrank lag ein Banner mit einem Adler darauf, der genauso aussieht wie der auf der Karte. Das stammt bestimmt aus dem Schloss. Wenn wir es verbrennen, ist der Graf kein Vampir mehr. Wir können das Ganze beenden, jetzt und hier!«

Ehe Isabella etwas erwidern konnte, sprintete sie los, den weißen Dolch fest in der Hand. Zum ersten Mal seit ihrer Ankunft verspürte sie Triumph. Das Rätsel war gelöst, und der Vampir konnte nichts daran ändern.

Sie stieß die Tür zu ihrem Zimmer auf und stürmte hinein, ohne den Bären in Max' Bett zu beachten. Dann blieb sie wie angewurzelt stehen und starrte auf den Boden, wo sie das Adlerbanner ausgebreitet hatte.

Es war verschwunden.

8
Eine falsche Schlange

Anna schlüpfte in ein Paar geliehene Gummistiefel, während Isabella ihre Jacke zumachte. Aus der Vorratskammer borgten sie sich zwei staubige Taschenlampen und aus der Küchenuhr Ersatzbatterien. Außerdem steckten sie sich je eine Knoblauchzehe in beide Hosentaschen.

Damit waren ihre Vorbereitungen abgeschlossen. Sie nahmen sich an den Händen, ehe sie die Haustür öffneten und in den Sturm traten.

Anna war auf Kälte gefasst gewesen, doch als der Regen mit voller Wucht auf sie niederprasselte, keuchte sie auf und zog sich die Kapuze so tief wie möglich ins Gesicht. Mit gesenktem Kopf folgte sie Isabella. Schon nach ein paar Schritten war die Pension nicht länger zu sehen. Anna hielt die Augen fest auf den Weg gerichtet, der eigentlich eher ein Trampelpfad im hohen Gras war.

Ab dem Waldrand war überhaupt kein Weg mehr zu erkennen. Äste peitschten durch die Luft, Blätter raschelten so laut, als würden sie sprechen und geheime Nachrichten von Zweig zu Zweig weitergeben. Ein solches Gehölz könnte leicht ein Kind verschlingen, es auf falsche Fährten und vergessene Pfade locken.

»Bist du dir sicher, dass du weißt, wo wir hinmüssen?«, fragte Anna.

»Nicht ganz«, antwortete Isabella.

Anna holte tief Luft, und zusammen stapften die Mädchen auf die Bäume zu. Dann waren sie im Wald, allein.

Der Weg (wenn man ihn denn so nennen wollte) war matschig und mit Laub und Pfützen übersät. Hunderte winzige Bäche rannen gen Tal, umflossen Wurzeln und abgebrochenes Geäst und wanden sich durchs Unterholz. Mehrmals glitt eins der Mädchen aus und zerrte ruckartig an der Hand des anderen, woraufhin beide schwankten und mit den Armen ruderten, um nicht den Hang hinunterzustürzen.

Nach einer halben Stunde hielt Isabella plötzlich an. Anna schaute auf. Mit ihrer Taschenlampe konnte sie immer nur einen kleinen Fleck beleuchten, den nächsten Baum, den nächsten Busch, doch ihr war klar, dass sich in den Schatten zahllose Stämme und Äste verbargen. Der Baum direkt vor ihnen sah aus wie ein sich windendes Knäuel grau-

berindeter Arme, die sich zum Blätterdach hinauf-
reckten. Auf jedem davon wucherte zottiges Moos.
Beim Anblick des grünen Riesen wurde Anna mul-
mig zumute. Er wirkte wie der allererste Baum hier
auf dem Berghang, der ursprüngliche Graf des Waldes.

»Los weiter«, sagte sie.

Isabella biss sich auf die Lippe und deutete zu
Boden.

»Da!«

Anna richtete die Taschenlampe auf den Weg –
nur dass da jetzt zwei Wege waren. Unmittelbar vor
dem mächtigen Stamm teilte er sich und führte in
zwei unterschiedliche Richtungen. Wohin genau,
konnte man nicht erkennen.

»Keine Ahnung, wo wir lang müssen«, meinte Isabella. »Davon war auf der Karte nichts eingezeichnet.«

Anna wusste es ebenso wenig, aber sie wollte
keine Zeit verlieren. Vor allem, weil sie gerade ein
Knacken in den Büschen hinter ihnen gehört hatte
und nicht das geringste Bedürfnis verspürte heraus-
zufinden, was es verursacht hatte.

»Der Vampir muss aus einer dieser Richtungen gekommen sein«, sagte sie. »Vielleicht sehen wir Fuß-
spuren.«

»Gute Idee. Du schaust links, ich rechts.«

Die Mädchen eilten los und suchten den Waldboden ab. Schon nach ein paar Metern wurde Anna das Herz schwer. Der Weg war uneben und zugewachsen, was die Sichtverhältnisse schwierig machte. Und der Regen hatte mit an Sicherheit grenzender Wahrscheinlichkeit längst jeden Hinweis weggeschwemmt.

»Hast du was entdeckt?«, rief sie über die Schulter.

»Nein«, war Isabellas gedämpfte Antwort.

Plötzlich sprang Anna etwas ins Auge. Es hatte sich an einem abgebrochenen Zweig verfangen und hing in eine Pfütze. Im Licht der Taschenlampe schimmerte es rot. Eine Schrecksekunde lang hielt Anna es für Blut, dann beugte sie sich vor.

Es war kein Blut, sondern etwas anderes – etwas, das ihr Herz höherschlagen ließ.

»Isabella! Schau dir das mal an!«

Isabella kam um den Stamm des großen Baumes herumgerannt. Aufgeregt streckte Anna ihr den Fund entgegen.

Es war eine Gummischlange.

»Max hatte eine ganze Tüte davon«, stieß sie atemlos hervor. Die Brotkrumen aus ihrer Geschichte im Auto fielen ihr wieder ein.

Man konnte seiner Spur in zwei Richtungen fol-
gen. Die eine führte aus dem Wald heraus, die ande-
re führte direkt zu Max.

»Er hat uns eine Spur hinterlassen. Genau wie
Hänsel.« Sie grinste. »Er lotst uns zum Versteck des
Vampirs!«

Noch ein Knacken im Gebüsch. Die Mädchen wirbelten herum. Nichts regte sich.

»Komm.« Isabella nahm Annas Hand. »Wir gehen
besser weiter.«

Anna umklammerte den weißen Dolch und die Taschenlampe.

Sie wurde das Gefühl nicht los, dass irgendwer
– oder irgendwas – ihnen dicht auf den Fersen
war.

Die Mädchen wanderten durch den sturmgepeitschten Wald und suchten an jeder Weggabelung nach
Hinweisen aus Max' Süßigkeitentüte. Sie wurden
nicht enttäuscht. Innerhalb einer Stunde fanden sie
Schaummäuse und Schokobananen, Geleebohnen
und Gummischnüre, Marshmallows und Minzstäb-
chen, Lakritzstangen und Colaflaschen. Obwohl die
vom nassen Boden ganz aufgeweicht waren, hätte

Anna sie am liebsten gegessen, aber sie beherrschte sich. Vielleicht würden sie sie brauchen, um zurück zur Pension zu gelangen.

»Bald müsste die Brücke kommen«, sagte Isabella. »Wenn wir den Bach überquert haben, ist es nicht mehr weit.«

Anna nickte und hielt ihren neusten Fund ins Licht der Taschenlampe: eine rote Gummierdbeere. Das war Max' Lieblingssüßigkeit. Wenn er die wegwarf, hatte er wahrscheinlich nichts anderes mehr.

Ein leises Rauschen drang aus der Dunkelheit und wurde lauter und lauter, bis es fauchte und zischte wie eine riesige Schlange und alle übrigen Geräusche übertönte. Das war bestimmt der Bach.

»Meinst du, die Brücke ist sicher?«, fragte Anna nervös.

»Klar, der Bach ist nicht sonderlich breit.«

Doch da irrte sich Isabella, denn der Bach hatte sich am Regen satt getrunken und war von einem mickrigen Rinnsal zu einem reißenden Strom angeschwollen. Als die Mädchen ihn erreichten, war die Brücke schon fast vollständig überspült. Nur die zwei Halteseile schauten noch aus dem Wasser.

»Oh. Na, zum Glück haben wir Gummistiefel angezogen«, bemerkte Isabella mit der gleichen falschfröhlichen Stimme, die auch der Professor immer benutzte, wenn er die Kinder verließ. Normalerweise hasste Anna diese Stimme. Jetzt allerdings nickte sie lächelnd.

»Ja, so können wir ein bisschen plantschen und kriegen trotzdem keine nassen Füße.«

Es half, so zu tun, als sei das Ganze bloß ein Spiel.

Isabella ging voraus. Anna leuchtete ihr, als sie die Halteseile umfasste und loswatete. Kurz darauf stand sie am anderen Ufer und stampfte sich das Wasser von den Stiefeln.

»Du bist dran!«, rief sie und richtete die Taschenlampe auf die Brücke.

Zögernd schaltete Anna ihre eigene Taschenlampe aus und steckte sie ein. Den Dolch wollte sie gerade hinterherschieben, da fiel ihr auf, dass die scharfe Klinge wohl den Jackenstoff zerschneiden würde. Sie musste ihn also in der Hand behalten – was bedeutete, dass sie sich nur mit der anderen festklammern konnte.

Beim ersten Schritt schnappte sie erschrocken nach Luft: Ihr Fuß sank tiefer ein als erwartet, doch dann traf ihre Sohle auf die stabilen Bretter der Brücke unter dem Sturzbach. Es war schwierig, mit nur einer Hand am Seil nicht aus dem Gleichgewicht zu geraten. Schwankend tastete sie sich vorwärts. Die schäumenden Wellen rauschten ihr über die Füße, packten sie an den Knöcheln und versuchten, sie mit sich zu ziehen.

Sie hatte ungefähr die Hälfte des Weges geschafft, als Isabella einen seltsamen Laut von sich gab, irgendwo zwischen Aufschrei und Warnruf. Reflexartig hob Anna den Kopf und wäre beinahe ausgerutscht. Die Hand mit dem weißen Dolch ruderte wild durch die Luft.

Isabella war kreidebleich geworden und zitterte. Der Schein ihrer Taschenlampe flackerte.

»Was ist?«, rief Anna.

»Nichts, nichts. Geh einfach weiter!«

Anna tat einen Schritt. »Jetzt sag schon, was los ist.«

»Nein, nein, alles gut.«

Isabellas Augen huschten zwischen Annas Gesicht und einem Fleck neben ihrem Ohr hin und her, als würde ihr etwas Interessantes aus der Schulter wachsen. Anna warf einen raschen Blick auf ihren Arm, aus Sorge, dass eine Spinne darauf saß.

»Nicht«, rief Isabella. »Dreh dich nicht um. Geh weiter!«

Ein Schauder kribbelte Anna über den Rücken. Sie konzentrierte sich auf Isabella und schob sich behutsam vorwärts. Isabellas Miene war eine Maske des Schreckens. Mittlerweile starrte sie das mysteriöse

Etwas hinter Anna ganz offen an, den Mund vor Angst weit aufgerissen.

Anna konnte nicht anders. Sie drehte sich um.

Ein Rudel Wölfe stand am dunklen Ufer und beobachtete sie. Der Wind zerrte an ihrem graubraunen Fell, und ihre gelben Augen glitzerten hungrig.

Dann fingen sie an zu heulen. Sie warfen die Köpfe zurück und erfüllten die Nacht mit ihren gespenstischen Schreien.

Anna ließ das Halteseil los und rannte. In halsbrecherischem Tempo stürmte sie durch den wirbelnden Bach. Ihre Füße glitten aus, Wasser spritzte in alle Richtungen und schwappte über den Schaft ihrer Stiefel, aber das war ihr egal. Das rettende Ufer war nur noch ein paar Meter entfernt. Plötzlich blieb sie an einem Stück Treibholz hängen und stolperte, stürzte auf die eisigen Fluten zu, die ihr den Atem verschlagen und sie mit sich reißen würden.

Zum Glück stand Isabella bereit, um sie aufzufangen. Japsend fiel Anna in ihre wartenden Arme, und zusammen stolperten die Mädchen von der Brücke. Bei ihrer Rettungsaktion hatte Isabella allerdings ihre Taschenlampe verloren. Sie versank im Wasser wie ein brennendes Schiff auf dem tosenden Meer.

»Sind sie noch da?« Anna sank auf die Knie. Der Boden war nass und matschig, aber immerhin fest.

»Gib mir deine Taschenlampe, ich schaue nach.«

Das gegenüberliegende Ufer war leer. Die Wölfe waren verschwunden, so spurlos, als hätten die Mädchen sie sich nur eingebildet.

»Vielleicht suchen sie nach einer anderen Stelle, um den Bach zu überqueren«, meinte Isabella. »Aber jetzt ist das Schloss ganz nah. Und sobald wir drin sind, können sie uns nichts mehr anhaben.«

Sich in das Versteck eines Vampirs zu schleichen, hatte nie verlockender geklungen. Anna rappelte sich auf, und die Mädchen liefen weiter.

Bald erreichten sie das Schloss …

9
Katz und Maus

Das Schloss war eine halb in Trümmern liegende Ruine aus rußgeschwärztem Stein und verkohltem Holz, die drohend über dem Wald aufragte wie ein riesiger Wasserspeier. Die große Eingangstür war aus den Angeln gerissen. Alle Mauern neigten sich gefährlich zur Seite. Eine war vollständig zusammengebrochen und hatte auch einen Teil des Daches zum Einsturz gebracht. Nur ein einzelner schmaler, hoher Turm war beinahe unversehrt. Fast wirkte es, als würde er im Wind schwanken.

Die Brandstifter hatten ganze Arbeit geleistet. In diesem Gerippe eines Gebäudes schien unmöglich jemand – oder etwas – leben zu können. Anna sah kein Licht. Waren sie wirklich am richtigen Ort?

»Sollen wir reingehen?«, fragte Isabella.

Sie richtete Annas Taschenlampe auf den türlosen Eingang. Die Dunkelheit verschluckte das Licht wie ein schwarzes Loch.

Anna hob den weißen Dolch.

»Ich bin bereit!«

Seite an Seite betraten die Mädchen das Schloss. Wenigstens waren sie jetzt endlich im Trockenen. Anna schüttelte sich den Regen von der Jacke, während Isabella den ersten Raum ableuchtete. Er war leer, die Wände waren nackt.

»Nichts«, sagte Anna.

»Das ergibt Sinn«, meinte Isabella. »Sie wollten ja alle Besitztümer des Grafen verbrennen.«

Doch Anna weigerte sich zu glauben, dass sie nirgendwo etwas finden würden. »Gucken wir mal im Turm nach.«

Sie drangen tiefer in die Ruine vor. Als sie den Eingang zum Schlossturm erreichten, mussten sie bestürzt feststellen, dass die hölzerne Treppe den Flammen zum Opfer gefallen war. Außer einem Haufen grauer Asche war nichts übrig. Der Turm war ein hohler Steinzylinder.

»Keine Angst«, sagte Isabella, »Max könnte überall hier sein.«

Sie suchten ein Zimmer nach dem anderen ab, kletterten über herabgestürzte Steine und unter krummen Holzbalken hindurch bis ins Innerste des Schlosses, aber vergeblich – jeder Raum war kahl, still, verlassen. Annas Enttäuschung wuchs. Waren sie den ganzen beschwerlichen Weg zum Schloss umsonst gegangen? Hatte der Vampir sich irgendwo anders verkrochen, wo sie ihn niemals aufspüren würden?

Schließlich fehlte nurmehr ein Zimmer. Die alte Holztür war noch da, im unteren Teil jedoch von Löchern übersät. Annas Herz klopfte schneller. Es war ihre letzte Hoffnung.

»Wir machen uns besser auf alles gefasst.« Isabella nahm den Rucksack von den Schultern, öffnete die Schnallen und holte die Thermoskanne voll Knoblauchsuppe heraus. »Die muss Max trinken, bevor der *strigoi* ihn beißt. Dann ist er außer Gefahr.«

Aber konnte eine Thermoskanne mit Suppe Max – und sie – tatsächlich beschützen? Anna war sich nicht sicher.

»Was, wenn der Vampir auch da drin ist?«, fragte sie.

Isabella runzelte die Stirn. »Du hast recht. Was dann?«

Anna überlegte. »Wenn der *strigoi* Max nicht unmittelbar bedroht, können wir warten, bis er verschwindet. Wenn er allerdings hungrig aussieht, muss eine von uns ihn ablenken, während die andere Max befreit.«

Eine dieser Aufgaben klang sehr viel gefährlicher als die andere. Anna blickte auf die Thermoskanne in Isabellas Hand und den Dolch in ihrer eigenen, und ihre Brust zog sich zusammen. Die Entscheidung schien bereits gefallen.

»Ich lenke ihn ab.« Dieser kleine Satz war so grauenerregend, dass sie ihn kaum aussprechen konnte. »Du bringst die Suppe zu Max.«

Isabella lächelte ermutigend. »Du hast schon Knoblauch gegessen. Der Vampir kann dich nicht beißen.«

Doch was würde er ihr stattdessen antun? Er hatte einen Bären auf sie gehetzt. Auf welche Arten konnte er sie noch angreifen, ohne ihr Blut zu trinken? Anna schauderte. Wahrscheinlich wäre es besser, gar nicht darüber nachzudenken, nur war ihr Gehirn anscheinend gerade zu nichts anderem in der Lage.

Isabella nahm ihren Schal ab und wickelte ihn um die Taschenlampe, bis kaum mehr Licht hindurchdrang. Dann schlichen die Mädchen auf Zehenspitzen zur Tür. Isabella legte die Hand auf den Griff und nickte Anna zu. Die machte sich bereit.

Die Tür schwang auf.

Sofort regte sich etwas im Zimmer dahinter. Isabella schaltete die Taschenlampe aus. Anna erstarrte und lauschte angestrengt, doch außer einem leisen Rascheln war nichts zu hören. Hoffentlich war das Max! Sie wünschte, er würde etwas sagen, sie wissen lassen, dass es ihm gutging oder wo der Vampir sich versteckte.

Nichts. Angespannt blieben die Mädchen im Türrahmen stehen. Die Geräusche klangen beinahe wie fiepende Vögel.

Isabella schaltete die Taschenlampe wieder ein und hielt sie sich dicht neben das Gesicht. *»Was jetzt?«*, fragte sie beinahe lautlos.

»Reinleuchten«, flüsterte Anna zurück. »Finden wir heraus, was da drin ist.«

Isabella nickte, richtete die Lampe auf die Tür und wickelte langsam den Schal ab.

Ein Paar Augen blitzte auf. Und noch eins. Und noch eins. Plötzlich waren sie überall: Hunderte und Aberhunderte winzige leuchtende Punkte.

»O nein«, wisperte Anna.

Der gesamte Boden des Raumes war mit Mäusen bedeckt – und die Mädchen hatten sie aufgescheucht. Panisch rannten die Nager hin und her, krabbelten übereinander und untereinander hindurch auf ihrer blinden Suche nach einer Fluchtmöglichkeit. Bald schon erkannten sie, dass es nur einen Weg nach draußen gab: die Tür, die gerade geöffnet worden war.

Anna unterdrückte einen Aufschrei, als die graubraune Welle über ihre Füße schwappte. Die Tiere strömten aus dem Zimmer wie schmutziges Wasser und fluteten den Flur. Einige knubbelten sich in zappelnden Haufen, kletterten an den Waden der Mädchen empor und stürzten sich in ihre Gummistiefel. Anna schlug sie verzweifelt weg, doch für jedes, das sie erwischte, tauchte gleich ein anderes auf. Vom Kitzeln und Kratzen der zuckenden weichen Nager bekam sie Gänsehaut am ganzen Körper.

Es dauerte eine volle Minute, bis der Raum leer war. Die Mädchen taumelten herum wie ungeschickte Ballerinen. Endlich huschte auch das Schlusslicht an ihnen vorbei, der letzte Tropfen der haarigen Flut.

»Puh, war das ekelhaft«, keuchte Isabella und schüttelte sich angewidert, als würde sie die Pfoten noch immer auf der Haut spüren.

»Die haben sich hier bestimmt vor dem Unwetter verkrochen«, meinte Anna. »Ist wahrscheinlich der trockenste Ort im Wald.«

Sie nahm der zitternden Isabella die Taschenlampe aus der Hand und leuchtete ins Mäusezimmer. Jetzt wo die Nager verschwunden waren, konnte man einen fleckigen roten Teppich auf dem Boden erkennen.

»So einen gab es sonst nirgendwo, oder? Vielleicht ist das ein Hinweis!«

Sie trat ein. Der Raum schien besser erhalten zu

sein als der Rest des Schlosses, doch der Stein an den Wänden war großflächig abgeschlagen worden, wodurch sie zerklüftet und vernarbt wirkten.

Anna untersuchte die Wände genauer. Eine Stelle in der Ecke war nicht so schlimm zugerichtet wie der Rest. Es sah aus, als hätte jemand ein Bild eingeritzt, lange bevor das Zimmer zerstört worden war. Sie fuhr eine der zarten Linien mit dem Finger nach. Womöglich die Spitze einer Kralle?

»Anscheinend hat der Graf sein Wappen in die Wand gemeißelt«, sagte Isabella, die Anna gefolgt war. »Und die Leute aus dem Wald haben versucht, es zu entfernen.« Sie seufzte traurig. »Sie haben alles getan, um das hier zu verhindern.«

Anna ließ den Blick durchs leere Zimmer wandern. »Aber wo steckt der Vampir? Wo steckt Max?« Sie stampfte mit dem Fuß auf. »Wir haben das gesamte Schloss durchkämmt und nichts gefunden!«

Sie hielt inne, weil Isabella sie komisch anschaute.

»Mach das noch mal.«

Anna war verwirrt. »Was genau? Rumjammern?«

»Nein, nein. Stampf mit dem Fuß auf!«

Anna tat, wie ihr geheißen. Eine Staubwolke stieg aus dem Teppich, und es roch nach Mäusen. Diesmal allerdings hörte sie es auch: Direkt unter ihrem Fuß knarrte etwas. Sie trat ein paar Mal mit der Ferse darauf. Es klang wie eine quietschende Trommel.

»Also, Stein ist das nicht«, meinte Isabella.

Anna bückte sich und griff nach der Kante des Teppichs. Er ließ sich ganz leicht anheben. Sie zerrte ein Stück weg. Grauweißer Stein kam darunter zum Vorschein – und etwas anderes. Ein hölzernes Quadrat mit einem dicken Eisenring daran.

Eine Falltür!

»Das hier oben war wohl doch noch nicht das gesamte Schloss«, sagte Isabella.

Anna packte den Eisenring und zog, so fest sie konnte.

Die Falltür schwang auf, und die Mädchen beugten sich vor. Eine Steintreppe führte ins Pechschwarz. An den Wänden rann Wasser hinab, das aus den Ritzen und Spalten im Schlossfundament sickerte. Die Luft war muffig und moderig, wie in einem Grab, das nie geöffnet hätte werden dürfen.

Sie mussten da runter, auch wenn Anna wünschte, es wäre anders. Isabella ging es bestimmt genauso.

»Bist du dir sicher, dass du das mit mir durchziehen willst?«

Mit einem nervösen Lächeln steckte Isabella die Thermoskanne zurück in den Rucksack, holte das Seil heraus und band es an den Eisenring.

»Was Unheimlicheres habe ich noch nie erlebt, aber wir haben ja keine Wahl, oder? Max ist dein Bruder, und du bist meine Freundin.«

Anna kannte Isabella erst seit einem Tag, doch sie hatten schon gemeinsam einen Vampir verfolgt und einen Berg erklommen, waren einem Rudel Wölfe entkommen und beinahe von einer Horde Mäuse gefressen worden. Isabella war also die wahrscheinlich beste und interessanteste Freundin, die sie je gehabt hatte.

»Ich bin froh, dass du da bist«, sagte sie.

Die Mädchen griffen nach dem Seil und stiegen hinab in die Dunkelheit. Die Falltür schloss sich hinter ihnen.

10
Drei Schlüssel

Es fühlte sich an, als würden sie verschluckt. Der Tunnel war wie ein dunkler, speicheltriefender Schlund, der sie geradewegs in den Magen einer steinernen Bestie beförderte. Die Treppe war heimtückisch glatt. Mehr als einmal rutschte eins der Mädchen aus und musste sich am Seil festklammern, ehe es wieder auf die Beine kam.

Das schwere Schloss über ihnen dämpfte den Lärm des Sturmes. Die plötzliche Stille war unheimlich. Bei jedem noch so kleinen Geräusch – einem Tropfen Wasser oder dem Echo ihrer Schritte – zuckte Anna ängstlich zusammen. Sie versuchte, sich auf den Plan zu konzentrieren. Sie würde den Vampir ablenken, während Isabella Max die Suppe brachte. Anschließend würden sie gemeinsam fliehen und nie mehr einen Fuß in dieses Gruselgemäuer setzen. Vor allem der letzte Teil gefiel ihr.

Auf einmal blieb Isabella stehen. Anna stolperte in sie hinein und stieß sie beinahe um.

»Tut mir leid«, flüsterte sie. »Warum bist du stehen geblieben?«

Isabella deutete auf den Boden. Sie hatten die unterste Stufe erreicht. Darauf lag eine leere braune Papiertüte.

Anna hob sie auf und drehte sie um. Ein paar weiße Körnchen fielen aus den Falten und landeten auf ihrer Hand. Sie probierte eins davon.

»Zucker. Hier sind Max die Süßigkeiten ausgegangen.«

»Dann ist er bestimmt ganz in der Nähe«, sagte Isabella. »Ich meine, wie lang kann dieser Tunnel schon sein?«

Die Mädchen starrten nervös in die Dunkelheit. Entgegen ihrer Hoffnungen war der Tunnel immerhin so lang, dass sie das Ende nicht sehen konnten.

Langsam tasteten sie sich weiter.

»Ob das hier wohl mal ein Keller war?«, fragte Anna. »Oder eher ein Kerker?«

Isabella schwieg kurz, ehe sie antwortete: »Keine Ahnung. Aber jetzt ist es eindeutig Letzteres.«

Anna kniff die Augen zusammen und spähte durch das Schwarz. Wo würden sie Max finden? War er an eine Wand gekettet? Oder in einen Käfig gesperrt wie Hänsel im Haus der Hexe, damit er gemästet werden konnte, bevor er gefressen wurde?

Irgendetwas flackerte in der Ferne. Ein Stück vor ihnen machte der Tunnel einen Knick, und dahinter glomm ein orangefarbenes Licht. Mit einer Geste gab Anna Isabella zu verstehen, dass sie die Taschenlampe ausschalten sollte.

»Glaubst du, das ist es?«, flüsterte die.

»Vielleicht«, erwiderte Anna. »Wir müssen auf alles vorbereitet sein.«

Sie schlichen auf das Licht zu. Als sie die Abbiegung erreichten, legte Anna die Hand an die Wand und holte tief Luft. Kaltes Wasser rann ihr über die Fingerspitzen. Behutsam beugte sie sich vor und reckte den Kopf, bis sie um die Ecke blicken konnte.

Der Tunnel weitete sich zu einem kleinen Raum, in dem sich ein Tisch mit einer Schublade befand. Darauf stand ein Kerzenhalter mit einer brennenden Kerze – die Quelle des Lichts. Die Flamme bewegte sich kaum. Still brannte sie in ihrem unterirdischen Heim vor sich hin. Irgendetwas hing über der Kerze an der Wand, doch von ihrer aktuellen Position aus konnte Anna es nicht genau erkennen. Von Max und dem Vampir fehlte jede Spur.

»Und?«, fragte Isabella leise.

»Da ist bloß eine Kerze«, flüsterte Anna zurück. »Aber warte noch mit der Taschenlampe.«

Vorsichtig traten die Mädchen ein. Der Raum war

eigentlich eher eine Nische, und dahinter führte direkt ein neuer, wenig einladender Tunnel weiter in die Finsternis. Er sah trockener aus als der erste, was wohl bedeutete, dass er noch tiefer lag.

»Die Kerze ist erst vor kurzem angezündet worden«, meinte Isabella. »Sie ist kaum heruntergebrannt.«

Sie hatte recht. Nur ein einzelner Wachstropfen rann an der Seite der sonst völlig glatten weißen Kerze entlang. Anna öffnete die Schublade des Tisches. Sie war voll mit Kerzen aller Formen und Größen: langen und kurzen, dünnen und dicken, alten und niegelnagelneuen, roten, duftenden, ja, ganz in der Ecke versteckten sich sogar ein paar Geburtstagskerzen. Anna hatte immer angenommen, Vampire könnten auch im Dunkeln sehen. Wofür dann die Kerzen?

Sie ließ den Blick nach oben wandern. Vier Eisenhaken ragten in gleichmäßigem Abstand aus der Wand. Daran hingen drei Schlüssel, die sich alle ein wenig unterschieden. Der letzte Haken war leer.

Isabellas Augen weiteten sich. »Das ist mein Schlüssel!« Sie deutete auf den dritten Haken.

Anna schaute sie überrascht an.

»Der hat zu unserem Hühnerstall gehört«, erklärte Isabella. »Eines Nachts habe ich ihn versehentlich stecken lassen, und am nächsten Tag hatte jemand die Hühner, den Schlüssel und das Schloss geklaut.«

Anna überlegte. »Wahrscheinlich der Vampir. Genau wie die Kerzen. Er braucht die Schlösser, um seine Gefangenen einzusperren.«

»Was denkst du, wie viele Gefangene er hat?«, fragte Isabella.

Wieder betrachtete Anna die drei Schlüssel. »Nicht besonders viele. Wenn er Max entführen musste, vielleicht gar keine mehr.«

Die Metallhaken waren sehr hoch angebracht. Isabella stieg auf den Tisch und nahm die Schlüssel nacheinander von der Wand. Anna erinnerte sich daran, wie groß ihr der Vampir vor dem Fenster der Pension erschienen war. Er konnte die Haken sicher mühelos erreichen.

»Jetzt müssen wir nur noch die drei Schlösser finden«, sagte sie. »Kinderspiel.«

Isabella sprang zu Boden und nickte. »Nichts wie los.«

Sie schlichen in den neuen Tunnel. Er war niedriger als der erste. Die Mädchen konnten zwar aufrecht gehen, aber der Vampir musste sich bestimmt bücken. Bald entdeckten sie eine Metalltür mit einem goldenen, herzförmigen Schloss daran, das in diesem schmutzigen, dunklen Kerker völlig fehl am

Platz wirkte. Es hätte eher an das geheime Tagebuch einer verliebten Teenagerin gepasst.

Isabella hielt Anna die Schlüssel hin. Die wählte den kleinsten aus, der dieselbe Farbe hatte wie das Schloss. Als sie ihn einführte und drehte, sprang es mit einem leisen Klicken auf und fiel zu Boden.

Anna schob die Tür auf. Dahinter befand sich eine winzige Zelle, dreckig und unbewohnt. Ein Eimer mit trübem Wasser stand in der Ecke, und daneben ein Tablett mit etwas, das vielleicht einmal Essen gewesen war. Jetzt war es nurmehr ein Haufen Schimmel und schwarzer Schleim.

In der anderen Ecke lag ein Skelett.

Fast hätte Anna laut aufgeschrien. Sie schaffte es gerade noch, das Geräusch zu einem Wimmern zu dämpfen. Waren sie schon zu spät?

Isabella zitterte. »Das ist nicht Max«, stieß sie beruhigend hervor. »Der ist viel kleiner.«

Anna sah genauer hin. Die Knochen waren lang, gelblich weiß und eindeutig uralt. Sie konnten unmöglich von ihrem Bruder stammen. Ein Stein der Erleichterung fiel ihr vom wild pochenden Herzen.

»Okay. Gehen wir weiter.« Sie wollte nicht länger als nötig in dieser Zelle bleiben.

Die Mädchen huschten zur nächsten Tür, an der ein großes, rostiges Schloss hing. Anna nahm einen ähnlich rostigen Schlüssel von Isabella entgegen und steckte ihn hinein. Er bewegte sich nur widerstrebend, hakte und klemmte. Erst nach einem kräftigen Ruck tat er seine Pflicht.

Hinter der Tür entdeckten sie noch eine Zelle mit Eimer und Tablett, aber ohne Skelett. Ob der Vampir wohl so hungrig gewesen war, dass er sein Opfer mit Haut und Haaren – und Knochen – verschlungen hatte?

Sie traten zurück in den Tunnel. Am liebsten wäre Anna gerannt, doch sie zwang sich zu schleichen, geduckt und auf Zehenspitzen. Isabella lief vor ihr und ließ den Schein der Taschenlampe zwischen den Tunnelwänden hin und her wandern.

»Da ist es«, flüsterte sie plötzlich und hielt an. »Mein Schloss.«

Sie hatten die dritte Tür erreicht. Der Tunnel führte zwar noch weiter, aber Anna hatte nicht das geringste Interesse daran, ihn bis zum Ende zu erkunden. Das Hühnerstallschloss war rund und silbern. Es funkelte, bereit, seinen Schatz freizugeben.

Anna griff nach dem letzten Schlüssel. Das Schloss fiel bereitwillig in ihre Hand, als wäre es glücklich, wiedergefunden worden zu sein – ein gutes Omen.

Die Tür öffnete sich quietschend. Isabella leuchtete ins Innere der Zelle. Wieder ein Eimer und ein

Tablett, doch diesmal war das Wasser im Eimer sauber und frisch, und auf dem Tablett lag merkwürdig langes und faseriges Gemüse. Es sah nicht besonders lecker aus, dafür nahrhaft genug, um einen kleinen Jungen am Leben zu halten.

Allerdings schien niemand hier zu sein. Zögernd tat Anna einen Schritt.

»Max?«, flüsterte sie. »Bist du da?«

Isabella folgte ihr. »Max? Sag was, wenn du uns hören kannst!«

Hinter der Tür bewegte sich etwas. Erschrocken wirbelten die Mädchen herum. Eine Hand schoss aus den Schatten, packte Isabella am Knöchel und grub ihr schmutzige Fingernägel in die Haut. Anna erhaschte einen Blick auf ein verzerrtes Gesicht, bärtig und voller Falten, mit glänzenden gelben Augen.

Dann fiel die Taschenlampe zu Boden, und alles wurde schwarz.

11
Märchenstunde

Isabella schrie. Anna hörte die Taschenlampe an ihren Füßen vorbeirollen. Sie ließ sich auf die Knie fallen und tastete mit der freien Hand den Boden ab auf der verzweifelten Suche nach Licht.

»Hilf mir«, rief Isabella. »Benutz deinen Dolch!«

Der Dolch! Anna umklammerte den Griff. Sie spürte die Klinge förmlich vor sich, warm und scharf wie eh und je. Doch was sollte sie im Dunkeln damit ausrichten? Jede Bewegung war zu riskant. Nicht, dass sie versehentlich Isabella verletzte.

Eine Stimme drang durchs Schwarz. Sie war sehr schwach und noch heiserer als Mrs Dalcas.

»Was macht ihr hier?«, fragte sie. Die Worte waberten durch die Zelle wie feiner Rauch. *»Habt ihr ihn versteckt? Ist er in Sicherheit?«*

Annas Finger streiften die Taschenlampe. Sie packte sie, schaltete sie wieder ein und richtete sie wie einen brennenden Ast in Richtung der Stimme, um sie sich vom Leib zu halten.

Ein Mann lehnte an der Zellenwand, halb verborgen von der offenen Tür. Sein Körper war bleich, fast farblos, bis auf den ein oder anderen graugrünen Fleck. Sein Haar schien ebenfalls ausgeblichen und hing um sein spitzes Gesicht wie welkes Gras.

Das Unheimlichste an ihm waren allerdings die Löcher, die zu Hunderten in gleichmäßigem Abstand seine Arme und Beine überzogen. Es sah aus, als wäre alles unter der Oberfläche weggesaugt worden, bis die Haut wie ein verschrumpelter Luftballon um die Knochen schlotterte. Dieser Mann wirkte kaum lebendiger als das Skelett in der ersten Zelle.

Trotzdem bohrten sich seine Finger in Isabellas Bein. Die biss in ihren Schal, um ihre Schreie zu dämpfen. Der Mann starrte sie wütend an, als würde er sie wiedererkennen. Dann drehte er sich zu Anna und dem Dolch in ihrer Hand. Seine Augen blitzten.

»*Wer seid ihr?*«, fragte er.

Anna wollte ihm gerade antworten, als der Dolch heiß wurde. Ihre Hand kribbelte. Sie schnappte nach Luft und schaute überrascht nach unten. Irgendwie hatte der Schreck ihr die Angst genommen, und sie konnte klarer denken. Die Augen des Mannes glänzten viel zu gelb, und seine flüsternde Stimme kroch ihr direkt ins Ohr. Er war kein Vampir – aber möglicherweise auch kein Mensch.

Und wenn sie es mit einem Fabelwesen zu tun hatte, musste sie gewisse Regeln befolgen.

Nimm von einer Fee nichts zu essen an. Verrate einer Fee niemals deinen wahren Namen. Erzähle einer Fee keinesfalls, wohin du willst und was du vorhast.

»Ich heiße Rose«, sagte sie fest. »Und das ist meine Freundin Violet.«

Isabella warf ihr einen verwirrten Blick zu. Anna hoffte, sie würde sie nicht auffliegen lassen.

»*Rose*«, wiederholte der Mann, der vielleicht gar kein Mann war. Der Name schälte sich von seinen Lippen wie ein Stück Schlangenhaut. »*Warum seid ihr hier, Rose?*«

»Das beantworte ich Ihnen gern«, meinte Anna. »Sobald Sie meine Freundin losgelassen haben.«

Der Mann dachte darüber nach.

»*Ich könnte jetzt mit* dir *reden, Rose. Aber irgendwann verschwindest du, und ich liege wieder allein im Dunkeln. Solange ich deine Freundin festhalte, kann ich für immer mit* ihr *reden.*«

Die Anweisungen aus ihrem Märchenbuch schwirrten Anna durch den Kopf. Sie suchte fieberhaft nach einem Ausweg, um dem Mann nichts über ihr Ziel verraten zu müssen, aber sie hatte keine anderen Informationen anzubieten.

»Wir wollen den Vampir finden«, gestand sie schließlich. »Er hat meinen Bruder entführt. Wir sind hier, um ihn zu befreien.«

Der Mann blieb stumm. Anna grübelte, was sie sonst noch sagen konnte.

»Wenn Sie meine Freundin gehen lassen, befreien wir vielleicht auch Sie.«

»Es ist zu spät«, erwiderte der Mann. »Er hat beinahe all mein Blut gestohlen. Ich werde diese Zelle nicht mehr verlassen. Jedenfalls nicht lebend.«

Anna versuchte es erneut. »Wenn wir den Vampir besiegen, kommt er nicht zurück. Dann kann er Sie nie wieder beißen.«

»Eine schöne Vorstellung … Doch ihr könnt das Wesen, das in diesem Schloss lebt, nicht besiegen. Es ist zu alt. Und zu stark. Viel zu stark für zwei kleine Mädchen.«

»Wir haben Knoblauch dabei«, meinte Anna. »Den hasst es. Außerdem haben wir das hier.«

Sie hob den Dolch hoch. Die rasiermesserdünne Klinge funkelte im Licht der Taschenlampe. Sie schien nicht einmal einen Schatten zu werfen.

Der Mann starrte die Waffe an. Seine tiefliegenden Augen glitzerten.

»Du weißt ja nicht, was das ist!«

Allmählich fasste Anna neuen Mut.

»Mag sein. Aber ich wette, es ist scharf genug, um Ihnen die Hand abzuschneiden.«

Der Mann lächelte. Seine dünnen Lippen waren trocken und weiß wie Papier.

»Vielleicht. Aber vielleicht erwische ich auch deinen Arm. Und wenn ich ihn erst habe, lasse ich ihn nicht mehr los.«

Anna musterte die freie Hand des Mannes. Sie konnte jeden Knochen unter der Haut erkennen. Seine Fingernägel waren so lang, dass sie sich wie Krallen krümmten.

Sie brauchte einen besseren Plan. Ihr Blick wanderte durch die Zelle und landete auf dem Tablett mit dem merkwürdigen Gemüse.

»Haben Sie Hunger?«, fragte sie. »Ich könnte Ihnen das Tablett bringen.«

Der Mann antwortete nicht. Anna schob das Tablett mit dem Fuß über den Boden bis in seine Nähe. Sie achtete jedoch darauf, dass ihr Bein außerhalb seiner Reichweite blieb.

Der Mann schnupperte.

»Dieses Zeug ist tot. Aber ich rieche etwas, das ich essen würde. Es ist in deiner Tasche.«

In meiner Tasche? Anna überlegte. Da fiel es ihr wieder ein – die Knoblauchzehen, die sie aus der Küche geklaut hatten. Die waren eigentlich dafür

104

gedacht, sie vor dem Vampir zu beschützen. Sollte sie sie wirklich diesem Fremden geben?

Isabella schaute sie flehend an. Im Grunde hatte sie keine Wahl.

»Okay. Wenn Sie meine Freundin loslassen, kriegen Sie, was in meiner Tasche ist. Abgemacht? Sagen Sie es.«

»*Abgemacht*«, bestätigte der Mann.

Anna nahm die Taschenlampe in die Hand, in der sie schon den Dolch trug, und steckte die andere langsam in die Jackentasche. Dabei ließ sie das hagere Gesicht nicht aus den Augen. Jedes Märchen warnte einen davor, mit Feen zu feilschen, und sie wollte auf keinen Fall hereingelegt werden.

Auf einmal hielt sie verdutzt inne. Sie hatte die glatte Schale der Knoblauchzehe erwartet. Stattdessen berührten ihre Finger etwas Weiches, Pelziges, Warmes, das es sich unbemerkt in ihrer Jacke gemütlich gemacht hatte.

Etwas Lebendiges.

Quiekend riss sie die Hand zurück und schüttelte sie. Eine Maus landete auf dem Boden und stand einen Moment lang verdattert und reglos in der Mitte des Raumes. Nur ihre Tasthaare bebten.

Dann flitzte sie los, um sich in die Dunkelheit der Zellenecke zu flüchten.

Der Arm des Mannes war schnell wie eine Schlange. Er schoss so plötzlich hervor, dass Anna die Bewegung kaum wahrnahm, und seine Hand schloss sich um das Tierchen wie ein Käfig aus Knochen. Die Maus fiepte panisch, wand sich und quetschte das Köpfchen zwischen den Fingern hindurch. Der Mann lächelte.

»Was man nicht alles mit sich herumträgt ... Sollte das hier meine Henkersmahlzeit sein, so will ich es mir schmecken lassen.«

Und ehe eins der Mädchen etwas erwidern konnte, hob der Mann den Nager an den Mund. Anna erhaschte einen Blick auf verfaulte Zähne, und eine Sekunde später war die Maus weg. Ihr Schwanz wurde durch die Lippen gesaugt wie ein Stück Spaghetti.

»Du darfst gehen.« Der eiserne Griff um Isabellas Bein löste sich. Anna wartete darauf, dass ihre Freundin sich bewegte, aber die war vor Angst wie erstarrt. Anna packte sie an der Hand und zerrte sie zu sich. Die gelben Augen des Mannes leuchteten nun heller als zuvor, und das bereitete ihr Sorge.

»Unsere Abmachung ist erfüllt«, flüsterte der Mann. *»Doch einen Rat bekommt ihr umsonst. Ihr solltet fort von hier. Dies ist kein Ort für Kinder.«*

»Wir bleiben nicht lang«, meinte Anna. »Wir retten meinen Bruder und verschwinden.«

Der Mann schluckte laut. Eine zuckende Beule rutschte unter der schlaffen Haut seines Halses entlang und quiekte gedämpft.

»Beherzigt meinen Rat. Ihr seid nicht die Ersten, die einen Bruder aus diesem Schloss retten wollen. Eine solche Geschichte nimmt nie ein glückliches Ende.«

»Wer war denn der Erste?«, fragte Isabella mit zitternder Stimme.

»Ein Krieger. Ein großer Krieger mit einer mächtigen Waffe. Er kam in diesen Wald, um seinen Bruder zurückzuholen, doch die Bestie überwältigte ihn und trank aus seinen Venen. Am Ende waren beide Brüder verloren.«

Anna war sprachlos. Sie blickte auf den weißen Dolch hinunter. *Ein großer Krieger mit einer mächtigen Waffe.* Als sie die Zelle betreten hatten, hatte der Mann kurz gewirkt, als würde er den Dolch wiedererkennen. Und später hatte er gesagt, sie wisse gar nicht, was sie da in der Hand halte. Wenn ein großer Krieger den Vampir nicht hatte bezwingen können, welche Chance hatten dann Isabella und sie? Sie erinnerte sich daran, dass auch ihre Freundin dem Mann vertraut zu sein schien.

»Warum haben Sie uns gefragt, ob wir irgendwen versteckt hätten?«, hakte sie nach. »Was haben Sie damit gemeint?«

Der Mann schwieg.

Schließlich gab Anna auf. »Danke für den Rat. Tut mir leid, dass der Krieger seinen Bruder nicht retten konnte. Wir probieren es trotzdem.«

Isabella beugte sich vor und flüsterte ihr ins Ohr: »Aber wo wollen wir noch suchen?«

»Ach ja.« Anna wandte sich wieder an den Mann. »Haben Sie vielleicht eine Idee, wo der Vampir meinen Bruder versteckt?«

»*Ich bin meinem Teil der Abmachung nachgekommen*«, erklärte der Mann. »*Jedes weitere Wort hat seinen Preis. Möchtet ihr einen neuen Handel schließen?*«

»Eigentlich haben wir nie etwas von Ihnen gekriegt«, meinte Anna verärgert. »Sie haben meine Freundin gegen ihren Willen festgehalten und uns vor etwas gewarnt, von dem Sie wussten, dass wir es sowieso machen. Also schulden Sie uns noch was. Sagen Sie uns, wo mein Bruder ist!«

Der Mann knurrte, und Anna wich einen Schritt zurück. Seine Augen hatten sich zu schlangengleichen Schlitzen verengt, goldfarben und todbringend.

»*Nennst du mich einen Betrüger?*«

Hitze schoss durch den Dolch.

»Ganz genau. Wo ist mein Bruder?«

Der Mann brütete vor sich hin. Als er wieder sprach, waren seine Worte so schnell und leise, dass die Mädchen sie kaum hörten.

»An drei Türen seid ihr schon vorbeigekommen. Folgt dem Gang weiter, und er führt euch zu einer vierten und letzten Tür, hinter der die größte Zelle liegt.«

»Aber wir haben nur drei Schlüssel gefunden«, warf Isabella ein.

Jetzt lächelte der Mann. Es war ein boshaftes Lächeln, das seine spitzen, verfaulten Zähne zeigte.

»Dann hat sie wohl schon jemand aufgesperrt!«

12

Angebissen

Der Mann lachte heiser, während Anna und Isabella rasch aus der Zelle schlüpften. Anna schloss die Tür hinter ihnen, um das gemeine Gackern zu ersticken.

»Sperren wir ihn wieder ein?«, fragte Isabella.

Anna überlegte. Sie dachte an sein verzerrtes Gesicht, als sie ihm die Stirn geboten hatte, und die schmutzigen Klauen um Isabellas Bein. Aber der Mann schien sich auch um sie zu sorgen, immerhin hatte er ihnen geraten, das Schloss zu ihrer Sicherheit zu verlassen.

»Ich glaube nicht, dass er uns was tun will. Zumindest nicht, solange der Vampir hier rumläuft. Und wenn er entkommt, hilft er uns vielleicht.«

Isabella rieb sich skeptisch den Knöchel. »Bist du dir sicher?«

Ganz und gar nicht, dachte Anna. Sie wich Isabellas Blick aus und starrte in die Tiefen des Tunnels, von denen sie so sehr gehofft hatte, sie nicht mehr erkunden zu müssen.

»Wir beeilen uns besser«, sagte sie laut. »Der Mann meinte, der Vampir sei schon da.«

Isabella nickte. »Du hast recht. Es geht bestimmt in Ordnung, die Tür offen zu lassen.«

Doch die vielen Male, die sie beim Weiterschleichen über die Schulter schaute, straften ihre Worte Lügen.

Sie waren inzwischen so weit unter der Erde, dass der Gang völlig unberührt vom Wetter draußen war. Der Boden unter ihren Füßen war staubig, und die Tunnelwände waren trocken und rau. An einigen Stellen wich der Stein weißem Lehm und bröckeliger Erde, als würden sie die Schlossruine endgültig hinter sich lassen und ein merkwürdiges subterranes Reich betreten.

»Guck mal«, flüsterte Isabella leise.

In der Ferne war wieder ein Licht zu erkennen. Das gleichermaßen einladende wie furchteinflößende Flackern fiel durch eine alte Holztür am Ende des Tunnels, die bereits geöffnet war, genau wie der gelbäugige Mann vorhergesagt hatte. Ein kleiner schwarzer Schlüssel steckte.

Mit dem Licht drang auch ein Geräusch zu ihnen – eins, das Anna schon oft gehört hatte. Meist war es traurig und leise, gedämpft von tränenüberströmten Händen.

Max' Weinen.

»Er ist hier!« Beim Klang seiner Stimme kamen auch Anna fast die Tränen – vor Mitleid und vor Erleichterung.

»Konzentrier dich«, mahnte Isabella und schaltete die Taschenlampe aus. »Noch haben wir ihn nicht befreit.«

Anna riss sich zusammen und unterdrückte ihre Aufregung. Der Tunnelboden schien alle Geräusche zu schlucken. Sie fühlte sich wie ein lebendiger Schatten, ein Gespenst in der Nacht.

Als sie die Tür erreichten, spähte sie durch den Spalt …

Und schnappte nach Luft.

Der vermeintliche Feenmann hatte nicht gelogen. Die vierte Zelle war wirklich die größte. Der Raum glich einer riesigen Höhle. Stalaktiten ragten aus der Decke wie die Zähne der Erde. Dazwischen wimmelte es von pelzigen Körpern, vielleicht Mäusen oder, noch schlimmer, Ratten. Erst als eins der Wesen die Flügel ausbreitete und einen schrillen Schrei von sich gab, erkannte Anna, dass es Fledermäuse waren.

Eine unebene Steintreppe führte von der Tür nach unten. Fackeln an der Wand warfen unheimliche Schemen durch den Raum. In seiner Mitte befand sich ein Holztisch, auf dem Max lag. Er war am Leben und einigermaßen wohlauf. Sein Oberkörper und seine Beine waren mit Seilen festgebunden.

Neben ihm stand der Vampir.

Bisher hatte Anna das Ungeheuer nur undeutlich gesehen, halb verhüllt vom Regen oder der Finsternis. Jetzt sah sie es ganz klar, in all seiner todbringenden Eindrücklichkeit. Es war groß, noch größer, als sie es in Erinnerung hatte, und seine Arme waren viel zu lang und dünn, wie die Gliedmaßen eines Insekts. Sein Gesicht war blass und grau. Der Rest seines Körpers war von Schatten verborgen, die es wie Kleider umhüllten.

Doch das Gruseligste an ihm waren seine Augen. In ihnen loderte ein magisches Feuer, und sie starrten so brennend auf Max hinab, dass Anna fürchtete, sie würden ihn versengen. Der Ausdruck auf dem Gesicht des Vampirs war unmissverständlich.

Er hatte Hunger.

Schaudernd schlich Anna die Stufen hinunter. Dabei ließ sie den Blick durch die Höhle schweifen, auf der Suche nach etwas, mit dem sie den Vampir ablenken konnte – vergeblich.

»Was sollen wir tun?«, wisperte sie.

Keine Antwort. Sie drehte sich um, in der Erwartung, dass Isabella über eine geniale Lösung nachgrübelte.

Aber die war verschwunden.

Plötzlich stieß Max einen Schrei aus. Etwas Lauteres und Wilderes hatte Anna noch nie gehört, weder von Max noch von irgendeinem anderen Jungen. Seine Stimme schallte in schrillen Wellen durch die Höhle und scheuchte die Fledermäuse auf. Bald vibrierte die Luft vom Flattern ihrer ledrigen Flügel.

Der Vampir hatte Max' Hand an die Lippen geführt. Sein Mund war weit aufgerissen und offenbarte perfekt geformte Zähne, die wie spitze Krummdolche aus dem bleichen Zahnfleisch ragten.

Die zwei längsten davon hatten sich in Max' Haut gebohrt.

Entsetzt beobachtete Anna, wie das Gesicht des Vampirs erst rosafarben, dann rot wurde, dunkler und dunkler, während er ihrem Bruder das Blut aussaugte. Max wand sich zuckend und versuchte mit aller Kraft, sich aus dem eisernen Griff zu befreien, doch keine seiner Bewegungen konnte das Ungeheuer auch nur im Geringsten aus dem Gleichgewicht bringen. Beim Trinken musterte es sein Opfer gierig. Seine Nase zuckte, und seine Wangen glühten.

Anna umklammerte den Dolch. Sie wollte dem Vampir weh tun, ihn angreifen und töten, damit er Max nie wieder verletzen konnte. Wut kochte in ihr hoch. Am liebsten wäre sie mit einem furchterregenden Schlachtruf in die Höhle gestürmt und hätte ihre Waffe durch die Luft geschwungen wie ein Ritter im Mittelalter.

Der Dolch wurde immer heißer. Wenn sie doch nur verstehen würde, wie er funktionierte … Mit ihm war sie mutiger. Er hatte dafür gesorgt, dass sie beim Feilschen mit dem Feenmann einen kühlen Kopf bewahrte. Was vermochte er noch?

Ohne nachzudenken, führte sie einen Finger an die feine Klinge. Mittlerweile versengte ihr der Dolch die Hand und erfüllte sie mit einem Feuer, das sich vom Arm bis in die Brust ausbreitete und durch ihr Herz toste. Wie scharf war er wirklich? Scharf genug, um einen Vampir zu erstechen?

Ihr Arm zuckte. Der Dolch fuhr wie von selbst in ihren Finger. Überrascht keuchte sie auf. Die Spitze war so unsichtbar wie eine Nadel aus Luft. Schnell zog sie die Hand zurück. Sofort quoll ein dicker, heller Blutstropfen aus der Wunde, eine rubinrote Perle, die sanft zitterte.

Max hörte auf zu schreien. Annas Blick huschte zurück zum Tisch. Der Vampir trank nicht mehr, auch wenn Max' Lebenssaft ihm noch vom Kinn triefte. Er hob den Kopf und legte ihn leicht in den Nacken. Seine Nasenlöcher blähten sich.

Er schnüffelte.

Dann drehte er sich ruckartig in Richtung Tür.

Anna starrte auf den Tropfen an ihrem Finger. Sie wusste, was der Vampir gewittert hatte. Von ihrem Versteck hinter einem Felsen aus verfolgte sie, wie er ihren Bruder losließ und tief einatmete, um den neuen Duft zu lokalisieren. Die schwarzen Schattenkleider verdichteten sich. Sie vermummten seinen dürren Körper, bis nur noch die lodernden Augen zu erkennen waren.

Wenn sie jetzt nicht handelte, würde sie den Rückzug antreten müssen. Sie stahl sich zwischen den aus dem Boden ragenden Stalagmiten und Steinsäulen hindurch. Hinter ihr war nichts zu hören, aber sie gönnte sich keine Pause. Der Vampir bewegte sich bestimmt völlig lautlos.

Tropf.

Die Blutperle hatte sich von ihrem Finger gelöst und war mit einem leisen Platschen zu Boden gefallen. Ein kleiner roter Fleck verriet, wo sie gelandet war. Aus dem Schnitt quoll bereits eine weitere.

Das brachte Anna auf eine Idee.

Sie streckte den Arm und presste den Finger gegen einen Stalagmiten. Der Abdruck auf dem Stein glänzte wie ein Stempel aus roter Tinte. An der nächsten Säule schnippte sie ein bisschen Blut quer über den Sockel und markierte sie so mit ihrem Geruch. Bald waren überall in der Höhle Duftspuren für den hungrigen Vampir verteilt.

Schließlich fand sie einen Spalt unter einem Felsvorsprung und kroch hinein. Auf der gegenüberliegenden Seite der Höhle wirbelten Schatten – ein Zeichen, dass der Vampir ihrer Fährte folgte. Max war noch immer gefesselt. Wo steckte nur Isabella? Sie war wie vom Erdboden verschluckt. Hatte sie Anna im Stich gelassen?

Irgendetwas bewegte sich unter dem Tisch. Anna kniff die Augen zusammen. Da saß jemand – jemand, dessen Versteckkünste berüchtigt waren. Ein Mädchen mit wildem schwarzem Haar und einer mondsichelförmigen weißen Narbe zerschnitt behutsam die Seile. Die metallene Thermoskanne stand griffbereit neben ihr, um Max mit ihrer Suppenmagie zu beschützen.

Erleichtert atmete Anna auf. Die beiden Teile ihres Plans fügten sich ineinander. Wenn sie jetzt noch entkamen, während der Vampir abgelenkt war, würde ihr Abenteuer doch ein gutes Ende nehmen.

Sie wandte sich wieder zur anderen Seite der Höhle. Die Schatten waren nicht länger zu sehen. Wo war der Vampir? Anna suchte alles ab, fand ihn aber nirgendwo. Ein schneller Blick zum Tisch verriet, dass Max' Oberkörper inzwischen frei war. Mit den Beinen allerdings hatte Isabella gerade erst angefangen. Sie brauchte mehr Zeit.

Prüfend schaute Anna auf ihren Finger hinunter – und keuchte entsetzt auf. Blut rann in Strömen aus dem winzigen Schnitt und sammelte sich zu ihren Füßen. Nun roch sie es sogar selbst: Ein scharfer Metallgeruch stieg aus der scharlachroten Pfütze auf. Wenn sie nicht entdeckt werden wollte, musste sie sich beeilen.

Die Steine unter ihren Händen fühlten sich schlüpfrig an, als sie aus dem Spalt krabbelte. Langsam richtete sie sich auf und sah sich um. Keine Spur von den wabernden Kleidern oder den lodernden Augen des Vampirs. Einen hoffnungsvollen Moment lang glaubte sie schon, das Ungeheuer wäre einfach verschwunden.

Dann spürte sie einen kalten Hauch im Nacken.

Sie drehte sich um.

Der Vampir hing am Felsvorsprung wie eine Gottesanbeterin, so nah, dass Anna ihn hätte berühren können – oder, noch unheimlicher, dass er *sie* hätte berühren können.

Sein Mund war zu einem breiten, blutverschmierten Grinsen verzerrt.

13
Sackgasse

Sie schrie erschrocken auf, als der Vampir wie eine Spinne von der Wand krabbelte. Seine Augen brannten heller als die Sonne, hungrig und wütend. Schatten kräuselten sich um seine knirschenden Zähne und waberten aus dem Mund wie Rauch.

Langsam wich Anna zurück. Den weißen Dolch hielt sie schützend vor sich, die Spitze auf den Kopf des Ungeheuers gerichtet.

»Weg mit dir«, stieß sie hervor. »Verschwinde! Hau ab!«

Der Bär in ihrem Zimmer hatte dank des Dolches ihre Befehle befolgt. Würde der Vampir es ihm gleichtun?

Einen Moment lang starrte das Ungeheuer die Klinge mit nachdenklich zur Seite geneigtem Kopf an. Dann machte es einen Satz. Sein Arm schoss so blitzartig vor, dass Anna kaum reagieren konnte. Seine Hand traf schmerzhaft gegen ihre und schlug ihr die Waffe aus den Fingern. Sie segelte durch die

Luft, prallte gegen einen Stalagmiten und fiel klappernd zu Boden.

Anna keuchte auf. Was sollte sie tun? Sie ging weiter rückwärts. Dabei ließ sie die blutdürstende Bestie nicht aus den Augen und bemühte sich, nicht zu stolpern. Wenn sie stürzte, würde sie vielleicht nie mehr aufstehen.

»Hey!«, rief plötzlich eine Stimme vom Fuß der Treppe.

Der Vampir fuhr herum. Isabella schaltete die Taschenlampe ein und aus und schickte Lichtblitze durch die Höhle. Neben ihr stand, von seinen Fesseln befreit, ein leicht benommener Max.

»Lauf, Anna«, schrie Isabella. »Nichts wie raus hier!«

Angriffsbereit drehte das Ungeheuer sich zurück zu Anna. Die allerdings rannte bereits um ihr Leben. Im Zickzack schlängelte sie sich zwischen den Säulen hindurch, um ein paar Hindernisse zwischen sich und den Vampir zu bringen. Jetzt hörte sie ihn ganz deutlich: ein Rascheln und Pfeifen in der Dunkelheit, als würde der Wind selbst sie verfolgen. Obwohl sie so schnell sprintete, wie ihre Beine sie trugen, war der Vampir ihr dicht auf den Fersen.

Sie umrundete einen Stalagmiten – und fand sich vor einer Wand wieder. Eine Sackgasse am falschen

Ende der Höhle. Isabella und Max waren auf der Treppe direkt über ihr, unglaublich nah und doch zu fern, um sie hochzuziehen. Sie wirbelte herum, um zu den Stufen zu gelangen.

Der Vampir stand schweigend vor ihr und schnitt ihr den Weg ab. Diesmal hatte er sich klug positioniert und die langen Glieder ausgebreitet, so dass es kein Vorbeikommen gab. Schwer atmend presste Anna sich gegen den kühlen Stein. Der Ausgang war genau über ihrem Kopf. Hatte sie eine Chance, wenn sie einfach loskletterte?

»*Alo! Strigoi!*«, brüllte Isabella.

Anna schaute nach oben. Das Gesicht ihrer Freundin schob sich über den Rand der Treppe. Auch der Vampir blickte auf und knurrte wütend.

»Ich hab dir dein Abendessen geklaut, also hast du bestimmt Hunger. Hier, nimm was von meinem!«

Damit leerte sie die Thermoskanne über ihm aus.

Der Vampir heulte auf vor Schmerz. Die Knoblauchsuppe fraß sich zischend und blubbernd in seine Haut. Die Schattenkleider wanden sich wild um seine Hände, als er versuchte, sich die ätzende Flüssigkeit von Wangen und Kinn zu wischen. Schließlich flüchtete er sich wimmernd in die düsteren Tiefen der Höhle.

»Na los, Anna«, rief Isabella. »Rauf hier mit dir!«

Unendlich erleichtert, den Fängen des Ungeheuers zu entfliehen, wollte Anna schon loseilen, als ihr etwas ins Auge fiel: der weiße Dolch, der halb versteckt hinter einem Haufen Felsen im Feuerschein schimmerte. Was würde passieren, wenn der Vampir die Waffe in die Finger bekam? Jäh änderte sie die Richtung.

»Was tust du da?«, schrie Isabella, die mit Max im Türrahmen wartete. Anna betete, dass sie gerade nicht ihre Chance zur Flucht in die Freiheit verspielte. Sie schnappte sich den Dolch und richtete sich keuchend auf.

Da bemerkte sie noch etwas anderes unter den Steinen. Zuerst sah es aus wie ein Schatten, nur bläulicher. Doch als sie genauer hinschaute, erkannte sie goldene Linien in unverwechselbaren Formen: eine Mondsichel, ein Schnabel und eine Klaue. Es war das Adlerbanner aus ihrem Zimmer, der einzige Besitz des Grafen, der das Feuer überlebt hatte und verhinderte, dass der Vampir ein für alle Mal vernichtet wurde.

»Anna! Beeil dich!«

Hastig stieß Anna die kleineren Steine beiseite und stemmte sich mit aller Kraft gegen die größeren. Wenn sie das Banner verbrannten, würde der Vampir nie wieder jemanden verletzen. Sie schob und scharrte und schaufelte wie von Sinnen und beförderte immer mehr Stoff zutage. Bald würde sie das Banner aus seinem Versteck ziehen können.

»Er kommt zurück!«, schrie Isabella.

Ein Schattenwirbel rauschte von der anderen Seite der Höhle auf Anna zu. Die sprang auf und zerrte, so fest sie konnte. Einen Augenblick lang rührte sich der Stoff unter dem Gewicht der übrigen Steine nicht, dann löste er sich ruckartig, und Anna fiel auf den Hintern. Rasch rappelte sie sich wieder hoch und rannte auf die Treppe zu. Das Banner wehte hinter ihr her wie ein Fahrradfähnchen.

»Schneller, Anna«, rief Max. »Lauf!«

Das Rascheln und Pfeifen verfolgte sie die Steinstufen hinauf. Isabella und Max flohen hinaus in den Tunnel, um ihr den Weg freizumachen.

Anna spürte den kalten Atem des Vampirs im Nacken. Sie stolperte durch den Türrahmen und …

BUMM!

Isabella hatte die Tür schwungvoll zugeworfen. Max sprang vor und drehte den Schlüssel. Es rumste laut, als der Vampir von der anderen Seite gegen das Holz krachte.

Isabella rang nach Atem. »Das hält ihn bestimmt nicht ewig auf. Vielleicht gibt es andere Wege aus der Höhle.«

Aber das war Anna im Moment herzlich egal. Es kümmerte sie nicht, dass sie immer noch in großer Gefahr schwebten, oder dass sie im Kerker eines Schlosses in einem Wald irgendwo im Nirgendwo von Transsilvanien festsaßen, während draußen ein Unwetter tobte. Das Einzige, was zählte, war, dass sie Max befreit hatten. Sie schlang die Arme um ihren kleinen Bruder und umarmte ihn so fest, wie sie noch nie jemanden umarmt hatte, nicht einmal ihren Vater. »Geht es dir gut?«, fragte sie.

»Einigermaßen. Meine Hand fühlt sich komisch an.«

Anna nahm Isabella die Taschenlampe ab und richtete sie auf Max' Hand. Die beiden Löcher in seiner Haut waren kreisrund und erschreckend tief. Doch das Schlimmste war die Farbe: leichenblass und genauso graugrün wie beim Feenmann. Zaghaft berührte Anna den Handrücken. Er fühlte sich klamm an. Kein Blut floss mehr darin, so viel war sicher.

Max' Hand war tot.

Anna wusste nicht, was sie sagen sollte. Sie beobachtete, wie Max mit den Fingern wackelte und sich durchs zerzauste braune Haar fuhr.

»Ich kann sie noch bewegen, aber ich spüre nichts. Als wäre es nicht meine Hand.« Er lächelte traurig. »Wenn du mir eine Geschichte erzählst, hoffe ich immer, dass Max nichts Schlimmes zustößt. Aber diesmal ist es passiert.«

Anna drückte seinen Arm. »Wir bringen das wieder in Ordnung, versprochen!«

»Ja«, schaltete Isabella sich ein. »Später. Jetzt müssen wir dringend von hier verschwinden!«

Sie deutete auf die Tür. Schwarze Rauchfäden schlängelten sich durch Schlüsselloch und Türspalt. Das Holz zitterte, als würde es gleich zerbersten.

Die Kinder rannten los.

»Ich habe … das Banner … gefunden«, keuchte Anna, als sie auf Höhe der dritten Zelle waren. Ihnen blieb keine Zeit, um zu überprüfen, ob der Gefangene entkommen war. »Wenn wir es verbrennen, können wir beenden, was die Waldleute angefangen haben, und den Vampir endgültig vernichten.«

»Wir benutzen einfach die Kerze«, rief Isabella.

Doch als sie den kleinen Raum erreichten, war die Kerze vollständig heruntergebrannt. Nur eine Pfütze Wachs auf dem Tisch war übrig, und Streichhölzer konnten sie nirgendwo entdecken.

»Wir müssen zurück zur Pension«, drängte Isabella. »Das Feuer im Kamin ist bestimmt noch an.«

Max wirkte zunehmend verwirrt vom Gespräch der Mädchen – im Kerker des Schlosses hatte er von ihrer abenteuerlichen Nacht ja nichts mitbekommen.

Anna und Isabella klärten ihn auf, während sie das letzte Stück des Tunnels durchquerten. Als sie an der leeren braunen Papiertüte am Fuß der Treppe vorbeihasteten, schaute Max so unglücklich drein, dass Anna beinahe aufgelacht hätte. Bei allem, was heute geschehen war, wirkte er am traurigsten darüber, dass seine Süßigkeiten weg waren.

Mit Hilfe des Seiles erklommen sie die rutschigen Stufen, dann kletterten sie durch die Falltür und warfen sie hinter sich zu. Entgegen ihrer Hoffnung hatte der Sturm nicht nachgelassen, nein: Regen und Donner tosten sogar noch lauter als zuvor. Die Wut des Vampirs schien sie zu verstärken.

Die Kinder huschten durch das zerfallene Schloss, vorbei an den Mäusen, die sich nach und nach wieder im Teppichzimmer sammelten, durch die leeren Korridore und krummen Türen, über die Überreste der zu Asche verbrannten ehemaligen Besitztümer des Grafen. Bald hatten sie die Eingangshalle erreicht. Neben einem großen Stein hielten sie inne, um zu verschnaufen. Anna schlüpfte aus ihrer Jacke und streifte sie ihrem Bruder über, der nur seinen Pyjama trug. Es war so kalt, dass sich ihr sofort alle Härchen an Armen und Hals aufstellten.

»Bereit?«, fragte sie Isabella und Max. Sie standen im türlosen Rahmen. »Eins, zwei …«

Die *Drei* erstarb ihr auf den Lippen. Aus dem Augenwinkel hatte sie eine Bewegung wahrgenommen. Isabella und Max sahen sie verwundert an. Sie schnappte nach Luft, versuchte zu sprechen, die anderen vor der Gefahr zu warnen, in der sie schwebten.

Der Stein hinter Isabella und Max war gar kein Stein, sondern etwas Großes und Haariges, mit Armen und Beinen, die sich jetzt vom Körper lösten.

Lange, scharfe Klauen blitzten auf, als es sich drohend erhob.

14
Geschöpfe der Nacht

Keuchend sprang Isabella zurück. Max stolperte, halb blind wegen der zu großen Kapuze der Jacke, auf Anna zu und versteckte sich hinter ihr. Das Ding versperrte ihnen mit einem lauten Knurren den Weg und fletschte die Zähne.

Zum zweiten Mal in dieser Nacht stand Anna einem Bären gegenüber. Mit dem weißen Dolch in der Hand hatte sie überhaupt keine Angst vor dem Tier. Als sie es genauer betrachtete, stellte sie überrascht fest, dass sie es wiedererkannte.

»Hallo, du. Du bist der aus meinem Zimmer.«

Der Bär ging auf alle viere und stieß sein Hunde-Löwen-Gebrüll aus, das dröhnend von den Schlosswänden widerhallte. Max und Isabella hielten sich die Ohren zu.

»Hör auf damit!« Anna hob den Dolch. »Sitz!«

»Was machst du da?«, fragte Max. Er klang ängstlich. Erst jetzt fiel Anna auf, dass er und Isabella bei ihrer ersten Begegnung mit dem Bären nicht dabei gewesen waren. Sie bedachte das Tier mit einem strengen Blick und richtete sich zu ihrer vollen Größe auf.

»Sitz!«, sagte sie noch einmal.

Mit einem dumpfen Geräusch plumpste der Bär auf sein Hinterteil und neigte unterwürfig den Kopf. Max und Isabella atmeten erleichtert auf; offenbar hatten beide die Luft angehalten.

»Wie hast du das geschafft?«, fragte Max.

Anna schwenkte den Dolch. »Damit. Beim Vampir und dem Feenmann hat es nicht funktioniert, aber zum Bärenbändigen ist er super.«

Der Bär brummte friedlich.

»Eigentlich wirkt er ganz nett, oder?«, meinte Isabella. »Er wollte dem Vampir bestimmt gar nicht helfen.«

Da kam Anna eine Idee. Prüfend musterte sie den Rücken des Tieres. Er war breit und muskulös und unter der dicken Fellschicht fast wie ein Sattel geformt.

»Vielleicht kann er es wiedergutmachen, indem er uns einen Gefallen tut«, murmelte sie nachdenklich.

Ohne auf eine Antwort der anderen beiden zu warten, trat sie auf den Bären zu, bis sie direkt vor seinem Gesicht stand. Den Dolch hielt sie locker an der Seite. So freundlich wie möglich schaute sie in die kleinen schwarzen Augen.

»Hallo, mein Großer. Verstehst du mich?«

Der Bär blieb stumm. Anna hatte gehofft, er würde irgendein Geräusch von sich geben oder wenigstens nicken. Trotzdem fuhr sie fort.

»Wir müssen dringend aus diesem Wald raus. Das Ungeheuer, das hier im Schloss lebt, ist uns auf den Fersen, und wenn es uns erwischt, können wir es nicht besiegen, und es zwingt dich weiter zu schrecklichen Dingen. Meinst du, du könntest mich und meine Freunde auf den Rücken nehmen und zurück zur Pension bringen? Wäre das in Ordnung für dich?«

Während ihrer höflichen Rede hielt sie Blickkontakt mit dem Tier. Es rührte sich nicht. Es blinzelte nicht einmal.

»Das ist ein ganz mieser Plan«, flüsterte Max. »Er kapiert kein Wort.«

Plötzlich beugte der Bär sich vor, so dass sein Oberkörper flach auf dem Boden lag und sein Hintern in die Luft ragte. Dabei drehte er den Kopf und sah Anna erwartungsvoll an, als wollte er sagen: *Springt auf!*

Licht zuckte grell durch den Eingang, als ein Blitz in die Bäume draußen einschlug. Noch bevor es erloschen war, ließ ein furchterregendes Donnergrollen das Fundament des Schlosses erbeben. Der Lärm riss die Kinder aus ihrer Tatenlosigkeit. Anna kletterte als Erste auf die Schultern des Bären und griff ins Fell hinter seinem Kopf. Isabella half Max hoch, der die Arme um die Taille seiner Schwester schlang, ehe sie selbst aufstieg, das Adlerbanner hinter sich platzierte und sich an Max festhielt.

Der Bär stand auf. Die Kinder schwankten hin und her und pressten die Beine um den riesigen, haarigen Körper. Anna positionierte die Taschenlampe so, dass sie zwischen den flauschigen Ohren des Bären hindurch nach vorn leuchtete wie eine improvisierte Stirnlampe.

»Alle bereit?«, fragte Anna.

»Ja«, rief Isabella.

»Nein«, sagte Max.

Lächelnd lehnte Anna sich vor und flüsterte dem Tier zu: »Los geht's!«

Der Bär trottete zur Tür. Anna spürte die Bewegung seiner mächtigen Schultern. Sie war froh, dass das große, starke Tier jetzt auf ihrer Seite war.

Im Rahmen hielt es einen Moment lang inne, so dass sie den Wald beobachten konnten. Die Bäume schwankten im Wind und neigten sich so weit zur Seite, als würden sie gleich umkippen. Äste fielen in regelmäßigen Abständen vom Himmel oder rauschten durch die Luft wie fliegende Besen, wenn der Wind sie erfasste. Der Regen war mittlerweile kalt wie Schnee.

Anna wollte gerade vorschlagen, auf einen Wetterumschwung zu warten, als der Bär losrannte. Furchtlos stürzte er sich in den Sturm und bohrte die Klauen tief in die Erde, um in den schlammigen Pfützen nicht auszurutschen. Die Kinder wurden wild herumgeschleudert. Isabella klammerte sich verzweifelt an Max, der sich verzweifelt an Anna klammerte. Die wiederum hing nur noch an einem Büschel Bärenfell. Ein abgebrochener Ast zischte an ihren Köpfen vorbei wie ein Speer und hätte sie beinahe aufgespießt. Die Blätter der niedrigen Zweige klatschten ihnen ins Gesicht. Als sie die überschwemmte Brücke überquerten, teilten sie das Wasser in zwei Flutwellen, die ihnen gegen die Beine wogten.

»Mir ist schlecht«, rief Max. »Wir sollten besser absteigen.«

»Wir können nicht absteigen«, rief Isabella von hinten. »Wir haben Gesellschaft!«

Anna reckte den Kopf. Dutzende graubraune Gestalten huschten links und rechts durchs Unterholz. Meistens blieben sie im Schatten, doch hin und wieder beleuchtete der Mond ein spitzes Ohr oder einen buschigen Schwanz und gab so ihre Position preis.

Irgendwann schlug eine der Gestalten die Vorsicht in den Wind und sprang hinter ihnen auf den Weg. Eine geifernde Zunge hing über scharfen weißen Zähnen aus dem hungrig knurrenden Maul.

»Wölfe«, schrie Max.

Plötzlich schien der gesamte Wald von gelben Augen zu wimmeln. Das angriffslustige Tier kam den Hinterbeinen des Bären immer näher. Schließlich schnappte es zu. Fast hätte sein kräftiger Kiefer Isabellas Regenjacke erwischt.

»Weg mit euch!« Anna richtete den weißen Dolch auf die Bäume und wedelte damit herum wie mit einem Zauberstab. »Bleibt uns vom Leib!«

Doch die Wölfe ließen sich nicht verjagen, und so sehr Anna sich auch bemühte, es gelang ihr nicht, den Dolch gerade zu halten. Der Bär rannte jetzt so schnell, dass er bei jeder Kurve zur Seite schlitterte. Mit mächtigen Sätzen sprang er über umgestürzte Bäume und preschte durch Büsche. Einen aufregenderen Ritt hatte Anna noch nie erlebt. Wären sie nicht in so großer Gefahr gewesen, hätte es beinahe Spaß gemacht.

Allerdings hatte sie inzwischen die Orientierung verloren. Im wippenden Licht der Taschenlampe sahen alle vorbeizuckenden Bäume mit ihrem verschlungenen Astgewirr gleich aus. Immer mehr Wölfe schossen aus dem Unterholz. Sie sprinteten neben dem Hinterteil des Bären her und setzten zum Angriff an.

»Sind wir bald da?«, fragte Anna laut über die Schulter.

»Ja«, antwortete Isabella. »Die Pension müsste direkt vor uns liegen.«

Anna hoffte inständig, dass ihre Freundin recht behielt. Sie beugte sich vor und rief dem Bären zu: »Weiter! Nur noch ein kleines Stück!«

Der Bär grunzte.

Die Bäume lichteten sich langsam, was bedeutete, dass die Wölfe sich schlechter verstecken konnten. Das Rudel sammelte sich bellend und heulend und knurrend auf dem Weg. Der Mond fiel auf das zottige Fell der Tiere, während sie den Bären und die Kinder beharrlich weiterverfolgten, wild entschlossen, ihr Abendessen nicht entkommen zu lassen.

Mit seiner toten Hand schlug Max nach einem Wolf und traf ihn an der Schnauze. Jaulend verzog er sich ans Ende des Rudels.

»Ha. Erwischt!«

»Gleich haben wir's geschafft«, rief Isabella. »Da drüben ist es!«

Trübes Licht schien durch die Fenster der Pension. Mit ihren stabilen Steinmauern trotzte sie dem

Unwetter tapfer: ein Leuchtfeuer der Sicherheit, das sie durch Nebel und Regen leitete. Der Bär stob über die schlammige Wiese und spritzte die Kinder von oben bis unten mit Matsch voll.

Anna warf einen Blick nach hinten. Die Wölfe hatten die Jagd aufgegeben. Sie scharten sich am Waldrand und heulten ihre Enttäuschung in den Nachthimmel.

»Jetzt müssen wir bloß noch das Banner in den Kamin stecken, und der Spuk ist vorbei«, rief sie.

»Kleinigkeit!«, meinte Max ermutigend.

»Von wegen«, schrie Isabella. »Guckt mal, da!«

Die Wölfe waren zwischen den Bäumen geblieben, doch etwas anderes setzte ihnen weiter nach – ein großer, dürrer Schatten mit Spinnenarmen und lodernden Augen, der wie ein Sturm aus Wut und Hunger über das Gras wirbelte. Er riss den Mund auf, entblößte die spitzen Zähne und stieß ein grässliches Kreischen aus, das den Kindern auf einer eisigen Böe entgegenwehte.

Anna und Isabella hatten dem Vampir heute Nacht viele Schätze geraubt.

Er war gekommen, um sie sich zurückzuholen.

15
Auf der Schwelle

Der Bär rannte bis zur Eingangstür der Pension und hielt schlitternd an, ein paar Zentimeter vor dem verzogenen Holz. Die Kinder rutschten von seinem Rücken, noch ehe er richtig zum Stehen gekommen war. Anna stieß die Tür auf und stürmte hinein, dicht gefolgt von Max und Isabella, die das Adlerbanner hinter sich herschleifte. Zu Annas Überraschung schloss der Bär sich ihnen an. Endlich im Trockenen, schüttelte er sich genüsslich und verteilte Schlamm und Wasser im gesamten Raum.

»Ab ins Feuer mit dem Banner«, rief Max.

Die Mädchen eilten zum Kamin – und stellten entsetzt fest, dass das Feuer beinahe aus war. Ein letztes Häufchen verkohltes Holz glomm schwach zwischen der grauen Asche. Anna wollte das Banner daraufwerfen, aber Isabella hinderte sie daran.

»Der Stoff ist patschnass, der löscht das Feuer ganz. Wir müssen es erst anfachen.«

Anna ließ den weißen Dolch fallen und fing an, das

Banner auszuwringen. Hunderte dicke Tropfen regneten zu Boden. Isabella hatte recht gehabt! Jetzt kniete sie vor dem Kamin und brach die Äste auseinander, die sie am Abend hereingeholt hatte. Anschließend verteilte sie die Stücke vorsichtig auf der Glut.

»Vielleicht brauchen wir auch Papier«, sagte sie. »Max, kannst du mir welches vom Regal da drüben bringen?«

Annas Bruder, der eben noch traurig auf seine leblosen Finger gestarrt hatte, nickte eifrig und flitzte los. Kaum hatte er das Papier gefunden, zerriss er es und knüllte die Fetzen mit beiden Händen zu kleinen Kugeln. Anna presste unterdessen weiter Wasser aus dem Banner. Sie hatte gar nicht gemerkt, wie nass alles – auch ihre Kleider – beim Ritt durch den Sturm geworden war.

Eine winzige Flamme züngelte aus der Glut hervor, flackerte unter der Pyramide aus Zweigen, die Isabella im Kamin errichtet hatte, und leckte am Holz. Sie und Anna beobachteten sie eindringlich, als könnten sie durch die Kraft ihrer Gedanken eine mächtige Brunst entfesseln.

»Er ist *hier*«, flüsterte Max plötzlich panisch.

Der Vampir stand vor dem Fenster. Seine Augen funkelten heller als je zuvor. Das Feuer darin schien sein gesamtes Gesicht zu verschlingen. Anna wand verzweifelt den Bannerstoff, um ihn schneller trocken zu bekommen. Isabella schenkte dem Vampir bloß einen flüchtigen Blick und konzentrierte sich wieder auf den Kamin.

»Warum kommt er nicht rein?«, fragte sie.

»Keine Ahnung«, antwortete Anna.

»Vampire können die Schwelle eines Hauses nur übertreten, wenn sie eingeladen werden«, erklärte Max.

Anna schaute ihn überrascht an. »Woher weißt du das?«

Max zuckte mit den Schultern. »Das habe ich in einem deiner Bücher gelesen. Ist mir gerade erst wieder eingefallen.«

»Und wie hat der Vampir dich entführt?«, fragte Anna.

»Er hat durchs Fenster gegriffen und mich gepackt. Das geht anscheinend.«

Anna starrte den vor der Scheibe gefangenen Vampir an. »Also kann er uns nichts tun, wenn wir vom Fenster wegbleiben. Dann können wir uns mit dem Feuer so lange Zeit lassen, wie wir wollen. Wir gewinnen!«

Doch kaum hatte sie zu Ende gesprochen, verging ihr das Grinsen.

Denn nun grinste der Vampir.

»Meine Hand«, rief Max. »Ich spüre sie wieder. Vielleicht kommt das Blut zurück!«

Anna wandte sich um. Ihr kleiner Bruder wackelte begeistert mit den Fingern und ließ sie durch die Luft tanzen, als würde er Klavier spielen. Aber irgendetwas stimmte nicht. Seine Hand war jetzt noch weißer, wie Eierschalen oder staubtrockene Knochen: Eine solche Farbe sollte Haut definitiv nicht haben. Und da war noch etwas anderes.

Die Hand leuchtete.

Auf einmal ballte sie sich zur Faust. Die Knöchel wölbten sich vor, der Daumen legte sich um die übrigen Finger. »Hey!« Max wirkte verwirrt. »Das wollte ich gar nicht.«

Sein Arm fing an zu zittern. Offenbar versuchte er, die Faust ruhig zu halten. Entsetzt verfolgte Anna, wie die tote Hand vorschoss und ihren Bruder quer durch den Raum schleifte.

»Ich kann sie nicht kontrollieren!« Max packte die Faust mit der gesunden Hand. »Wie ... was ist da los?«

»Das ist der *strigoi*«, rief Isabella. »Schaut!«

Der Vampir hatte seine eigene Hand erhoben. Die langen Finger zeichneten seltsame, verschlungene Muster in den Nebel. Es sah aus, als würde er eine unsichtbare Marionette bewegen. Auch seine Lippen standen nicht still. Die leisen, fremden Worte schmerzten Anna in den Ohren.

Plötzlich wurde ihr das Adlerbanner entrissen.

Sie fuhr herum. Der blaue Stoff knüllte sich in Max' bleicher Faust.

»Was soll das?«, rief sie aus.

Energisch steuerte die tote Hand aufs Fenster zu. Max stemmte die Fersen in den Boden, um sie aufzuhalten, doch sie zog mit solcher Kraft, dass er halb vornüberkippte.

Anna packte das andere Ende des Banners und zerrte es zurück zum Kamin. Die Hand – und Max – wirbelten herum.

»Lass los«, sagte sie streng.

»Ich kann nicht«, wimmerte Max.

Die Hand riss heftig am Banner und hätte es beinahe Annas Fingern entwunden. Rasch griff sie mit beiden Händen nach dem Stoff und spannte ihren Körper an. Das Banner straffte sich, als würden die Geschwister Tauziehen spielen.

»Du kriegst es nicht«, rief Anna in Richtung Fenster. »Wir haben es dir gestohlen, und jetzt verbrennen wir es und vernichten dich. Du kannst nichts dagegen tun. Gib einfach auf!«

Die tote Faust öffnete sich.

Anna stolperte rückwärts, stürzte und stieß sich den Kopf am Tischbein. Ein scharfer Schmerz fuhr ihr durch den Schädel. Ihre Ohren klingelten, und ihre Gedanken schwirrten. Hatte sie den Vampir tatsächlich davon überzeugt, die Waffen zu strecken? Würde er sich in sein Schicksal ergeben? Sie schaute sich um, doch alles war verschwommen. Ihr tränten die Augen. Blinzelnd setzte sie sich auf.

Da schlug Max ihr ins Gesicht.

Sie fiel wieder zu Boden. Als sie benommen hochblickte, stand Max über ihr und dehnte sich die Finger.

»Es tut mir leid«, flüsterte er entsetzt mit aufgerissenem Mund. »Ich würde dir nie absichtlich weh tun, Anna. Niemals!«

Noch während er sprach, ballte sich die bleiche Hand erneut zur Faust und schoss vor. Erst im letzten Moment änderte sie die Bahn, packte den Stoff des Banners und zerrte es von Anna fort.

Die versuchte aufzustehen. Alles drehte sich. Sie wandte sich zu Isabella, in der Hoffnung, ihre Freundin könnte ihr helfen, aber die hockte noch immer vorm Kamin und fütterte vorsichtig das Feuer. Annas Blick fiel auf den weißen Dolch, der nur ein paar Meter von ihr entfernt lag. Sie kroch über den Boden und streckte verzweifelt die Hand nach ihm aus.

Die Fensterscheibe zerbarst. Splitter flogen durch die Luft, als der Sturmwind ins Zimmer blies. Max war mittlerweile fast beim Vampir angelangt, der die Spinnenarme durchs zerbrochene Glas reckte, begierig auf die eine Sache, die ihn am Leben halten würde.

Annas Finger schlossen sich um den Dolch.

»Bär«, rief sie. »Schnapp dir das Banner!«

Bei den Wölfen hatte die Waffe keine Wirkung gezeigt – würde es jetzt funktionieren?

Ein tonnenschwerer Stein purzelte ihr vom Herzen, als sie tapsende Pfoten hörte. Der Bär verbiss sich im Stoff und riss Max vom Fenster weg. Anschließend schüttelte er den mächtigen Kopf. Das Banner löste sich langsam aus dem Griff der blutleeren Hand.

Auf einmal tauchte Isabella auf und half mit. Nach einem kräftigen Ruck war der Stoff frei.

Isabella raffte ihn an sich. »Danke.« Sie grinste dem zottigen Tier zu.

Anna drehte sich zum Kamin. Ein gewaltiges Feuer prasselte darin.

Der Vampir kreischte und haschte wutentbrannt nach den Kindern. Dabei schienen seine Arme immer länger zu werden, bis sie schier unglaubliche Ausmaße angenommen hatten.

Isabella warf das Banner in die Flammen.

Früher war es bestimmt wunderschön gewesen. Das Blau wirkte klar und grenzenlos, der Adler stolz und majestätisch, stark genug, den Mond in seinen goldenen Klauen zu tragen. Als die orangefarbene Brunst die Fäden erfasste, leuchtete der prächtige Vogel einen Moment lang hell auf und verwandelte sich in einen Phönix mit Feuerflügeln. Dann wurde er vom glühenden Meer verschlungen, und der letzte Besitz des Grafen zerfiel zu Asche.

Der Vampir war verstummt. Wie angewurzelt stand er vorm Fenster und blinzelte, als hätte der Regen es endlich geschafft, den lodernden Zorn in seinen Augen zu löschen. Die Schattenkleider wanden sich um die durch die Scheibe greifenden Arme, bis das Ungeheuer sich plötzlich in Luft auflöste. Nur ein paar harmlose schwarze Kräusel blieben zurück und schlängelten sich über die Wände.

Max war in der Zimmerecke zu Boden gesackt. Erschöpft lehnte er sich an den Bären und starrte aus dem inzwischen leeren Fenster. Seine Hand hatte er offenbar wieder unter Kontrolle. Isabella kauerte schwer atmend und mit rußgeschwärztem Gesicht vor dem Kamin. Anna zog sich am Tischbein hoch.

Schweigend schauten die Kinder einander an.

Die Wolken am Himmel draußen lichteten sich und

nahmen den Nebel und den Wind und den Regen mit. Die ersten Sonnenstrahlen linsten über den Horizont und füllten den Raum mit ihrer Wärme.

Ein neuer Tag war angebrochen.

16
Abschiedsgeschenke

Den Rest des Morgens verschliefen die Kinder friedlich und sicher in Isabellas Bett. Sie kuschelten sich
aneinander und träumten angenehm. Als sie auf-
wachten, stand die Sonne schon hoch am Nachmit-
tagshimmel. Mrs Dalca wuselte geschäftig in der
Küche herum und kehrte das zerbrochene Glas mit
einem Strohbesen auf.

»*Isabella!*«, rief sie aus, als sie die Kinder bemerkte.

Isabella rannte auf ihre Großmutter zu. Beim Anblick der liebevollen Umarmung tat es Anna leid,
dass sie die alte Frau je für eine Hexe gehalten
hatte.

»Wir haben so viel erlebt, Oma«, fing Isabella an.
»Wir waren oben im Schloss des alten Grafen und ...«

»*Nu vreau să știu!*«, unterbrach Mrs Dalca sie und
malte mit einer faltigen Hand ein merkwürdiges Zeichen in die Luft.

Isabella sah sie erstaunt an.

»Aber Max ist entführt worden, also mussten wir ihn befreien ...«

Mrs Dalca hielt sich die Ohren zu.

»*Nu-mi spune acest lucru*«, krächzte sie. »*Mă va pune în pericol!*«

»Was sagt sie da?«, fragte Anna.

Isabella runzelte die Stirn. »Dass sie es gar nicht wissen will. Weil es sie in Gefahr bringen würde.«

»Wieso das denn?«, fragte Max.

»Ich habe keine Ahnung.« Isabella schaute der alten Frau nach, die mit ihrem Besen davonfegte und den Schatten in den Winkeln des Hauses zu Leibe rückte.

Die Kinder beschlossen, einen Spaziergang zu machen. Sie hatten den Bären rausgelassen, ehe sie ins Bett gefallen waren. Jetzt wollten sie ihn suchen, um ihm für seine Hilfe zu danken. Isabella hatte zwei rote Äpfel aus der Vorratskammer als Geschenk dabei. Anna hielt vorsichtshalber den weißen Dolch in der Hand.

Es war ein wunderschöner Tag. Sie hoben die Gesichter zur Sonne und genossen die Wärme. Wildblumen blühten auf der Wiese hinterm Haus und sprenkelten das Grün mit blauen, roten und violetten Tupfern. Die Luft roch süß und frisch.

Unterwegs verglichen sie die Narben, die sie bei ihrem Abenteuer davongetragen hatten. Isabella konnte mit einem Handabdruck an ihrem Knöchel aufwarten, wo der Feenmann sie gepackt hatte. Ihre Haut war rot und geschwollen, fast als hätte sie sich verbrannt. Annas neueste Errungenschaft war der Schnitt, den sie sich selbst mit dem Dolch zugefügt hatte. Isabella hatte den Finger gestern Nacht noch verbunden. Die Stelle brauchte ungewöhnlich lange, um zu verheilen.

An Max' runde Bisswunden allerdings reichten beide nicht heran, da waren die Mädchen sich einig. Sie machten eine so große Sache daraus, dass Annas Bruder richtig stolz auf seine seltsame, tote Hand wurde. Er schlenkerte sie herum und gab bei jeder sich bietenden Gelegenheit damit an.

Sie fanden den Bären am Waldrand, wo er faul im Schatten eines Baumes lag. Neben ihm am Stamm lehnte ein dünner Mann mit wildem grauem Haar und einem spitzen Gesicht. Seine Kleider waren eigenartig graugrün, als bestünden sie aus Blättern und Asche, und schillerten wie Schuppen.

»Wer sind Sie?«, fragte Anna.

Der Mann schaute sie an, und plötzlich wusste sie

genau, mit wem sie sprach: Die Augen des Feenmanns glänzten ebenso gelb wie gestern Nacht.

»Hallo, Rose«, sagte er.

Max klappte den Mund auf, um ihn zu verbessern – die Mädchen hatten ihm nichts von ihren Decknamen erzählt –, aber Anna trat ihm auf den Fuß.

»Hallo«, erwiderte sie rasch. »Also sind Sie doch entkommen.«

Der Feenmann streichelte dem zufrieden brummenden Bären den zottigen Kopf.

»Das Schicksal hat es gut mit mir gemeint. Eine unerwartete Mahlzeit. Eine offene Tür. Ein Seil, das mir die Treppe hinaufhilft. Und nun scheint es, als wäre das Wesen aus dem Schloss ein für alle Mal vernichtet worden.«

»Jep. Gern geschehen«, sagte Anna.

Der Feenmann runzelte die Stirn.

»Das war keine Aufgabe für Kinder. Menschen sollten sich nicht in die Angelegenheiten des alten Waldes einmischen.«

»Das hätten Sie mal dem Vampir verklickern müssen«, bemerkte Anna. »Der hat sich in *unsere* Angelegenheiten eingemischt.«

Die gelben Augen blitzten. Anna war sich nicht sicher, ob der Feenmann verärgert oder belustigt war.

Isabella kniete sich neben den Bären und hielt

ihm einen Apfel unter die Nase. Das Tier schnüffelte neugierig, bevor es einen herzhaften Bissen nahm und schmatzend das weiße Fruchtfleisch zerkaute. Das Geschenk gefiel ihm offenbar.

»Was hast du mit dem Dolch vor?«, fragte der Feenmann.

Darüber hatte Anna noch gar nicht nachgedacht. Sie warf einen Blick auf die Klinge in ihrer Hand, die in der Sonne silbern glänzte, so hell, dass es sie fast blendete.

»Ich weiß nicht«, antwortete sie. »Was würden Sie mir raten?«

Der Feenmann legte den Kopf schief.

»Behältst du ihn, so wird das Konsequenzen haben, denn er sollte nicht von Menschenhand geführt werden. Es gibt auf dieser Welt noch sehr viel schlimmere Ungeheuer als das Wesen aus dem Wald hier, und eine solche Waffe würde gewiss ihre Aufmerksamkeit erregen.«

»Wie ist sie überhaupt bei meiner Oma gelandet?«, fragte Isabella, während sie den Bären hinter den Ohren kraulte.

Der Feenmann schloss die Augen. Als er weitersprach, war seine Stimme überraschend sanft – ganz anders als das kalte, heisere Krächzen in der Zelle gestern Nacht.

»Ein Fremder brachte sie in diesen Wald, ein großer Krieger, der das Ungeheuer von seinem Fluch befreien wollte, indem er sein Versteck findet und das letzte Unterpfand seines Lebens zerstört. Es gelang ihm, die Bestie zurückzudrängen und das Banner zu erobern, doch dabei wurde er schwer verwundet. Er floh durch den Wald. Das Wesen war ihm dicht auf den Fersen.«

»Fast wie bei uns«, warf Max ein. »Bloß dass diese Geschichte nicht so klingt, als hätte sie ein Happy End.«

Der Mann schenkte ihm ein kühles Lächeln.

»Schließlich traf der Fremde ein kleines Mädchen und bürdete ihr Dolch und Banner auf, damit sie nicht in die Hände der Bestie fielen. Bald darauf bekam das Ungeheuer ihn zu fassen. Es biss ihn und schleifte ihn in den Kerker unter seinem Schloss, wo es sechzig Jahre lang jeden Tag von seinem Blut trank, bis nichts mehr übrig war.«

Anna und Isabella hatten die Geschichte schon einmal gehört, in einer kürzeren Version, gestern Nacht im Schloss – nur hatte der Feenmann da behauptet, der Krieger hätte nach seinem Bruder gesucht. Anna dachte an die Hunderten Bisswunden an seinen Armen und Beinen. Und an die Zeilen aus ihrem Märchenbuch.

Wenn ein Feenwesen stirbt, stirbt seine Magie nicht immer mit ihm. Die nun in einem toten Körper gefangenen Kräfte verwandeln ihren Wirt in ein völlig anderes Geschöpf.

»Der Fremde waren *Sie*«, sagte sie langsam. »Und der Vampir war Ihr Bruder.«

»Und das kleine Mädchen muss meine Oma gewesen sein«, ergänzte Isabella. »Deshalb war der Dolch bei uns zu Hause. Wenn sie bloß gewusst hätte, was es mit dem Banner auf sich hat … Dann hätte sie die Sache vor all dieser Zeit beenden können.«

Anna malte sich die Szene aus: Ein Mädchen mit weißem Haar rennt durch den nächtlichen Wald und versucht, nicht zu schreien, so wie der verwundete Mann, den es zurückgelassen hat. War das Dielenbrett im Gästezimmer immer lose gewesen oder hatte sie es aufgestemmt, um den Dolch zu verstecken? Und warum hatte sie das Banner nicht mitversteckt? Wahrscheinlich hatte sie es zu schön gefunden, um es im Dunkeln zu verbergen.

Der Feenmann schaute die Kinder schweigend an. Anna schüttelte den Kopf und betrachtete abwechselnd den Dolch und seinen ehemaligen Besitzer. Würde er ihn zurückverlangen?

»Ich will den Dolch nicht«, sagte der Feenmann, als hätte er ihre Gedanken gelesen. »Ich habe keine

Verwendung mehr für ihn. Aber ich werde ihn dir abnehmen, wenn du die Bürde seines Besitzes nicht tragen möchtest.«

Anna wandte sich an Isabella und Max. »Was denkt ihr?«

»Gib ihn zurück«, meinte Max.

»Behalt ihn«, meinte Isabella fast gleichzeitig.

Anna lachte. Sie hob die Waffe und zerschnitt mit ihrer bleichen Klinge Sonnenstrahlen.

»Wir sind von einem Fabelwesen angegriffen worden, bevor wir überhaupt gewusst haben, dass dieser Dolch existiert. Was, wenn das noch einmal passiert? Da könnte ein bisschen Magie ganz nützlich sein.«

Max stöhnte, während Isabella zustimmend nickte. Anna drehte sich wieder zum Feenmann.

»Wir behalten ihn.«

Der Mann griff in die Tasche seines Schuppenmantels und holte eine kleine Scheide heraus, die aus demselben graugrünen Material bestand wie seine Kleider und an einem geflochtenen Gürtel aus Gras hing.

»Dann gehört der Dolch nun dir. Zücke ihn möglichst selten. Eine solch seltsame und schreckliche Waffe begehren viele – in deiner Welt wie in meiner. Und so wie sie ihrem ersten Träger gestohlen wurde, kann sie auch dir gestohlen werden.« Der Mann ließ den Blick bedeutungsvoll durch die dichten Bäume schweifen. »Man weiß nie, wann böse Augen lauern.«

Anna nahm den Gürtel entgegen, band ihn sich um und steckte den Dolch in die Scheide. Die Waffe baumelte beinahe schwerelos an ihrer Hüfte.

»Danke«, sagte sie.

Der Feenmann lächelte, doch es war kein fröhliches Lächeln.

»Ich habe dir keinen Gefallen erwiesen. Die Geschöpfe des alten Waldes zu sehen ist ein Fluch. Von unserer Existenz zu erfahren, sich in unsere Angelegenheiten einzumischen, bedeutet, uns in dein Leben zu bitten. Vielleicht wirst du deine heutige Entscheidung bald bitterlich bereuen.«

»Vielleicht«, erwiderte Anna. »Trotzdem.«

Isabella reichte dem Bären den zweiten Apfel. Der biss so herzhaft in die rote Schale, dass ihm der Saft von der Schnauze tropfte.

Der Feenmann stand auf. Anna bemerkte erst jetzt, wie groß er war.

»Erzählt niemandem von den Dingen, deren Zeuge ihr geworden seid.« Seine Stimme war wieder düsterer, fast rauchgleich, wie nachts zuvor im Kerker. »Ihr habt euch entschlossen, mit dem Feuer zu spielen, andere nicht. Diese Wahl dürft ihr ihnen nicht rauben.«

Max warf seiner Schwester einen nervösen Blick zu. »Damit ist aber nicht Dad gemeint, oder?«

Anna starrte in die gelben Augen des Feenmanns. »Doch«, antwortete sie, »ich fürchte, schon.«

Der Feenmann nickte. Dann drehte er sich ohne ein weiteres Wort um und trat in den Wald. Dank seines Mantels verschmolz er sofort mit den Bäumen. Auch der Bär erhob sich, schleckte Isabella über die Hand und trottete hinterher. Innerhalb weniger Sekunden waren Mann und Tier im Blätterschleier verschwunden.

17
Gutenachtgeschichten

Der Professor kam kurz vor dem Abendessen in die Pension zurück. Unterm Arm trug er einen dicken Stapel Blätter, jedes davon dicht mit Notizen bekritzelt. Seine Augen waren rot und blutunterlaufen, und sein Haar war völlig zerzaust. Er schien kaum geschlafen zu haben, seit er sie am Tag zuvor verlassen hatte.

»Es war faszinierend«, nuschelte er, den Mund voll Suppe. »Einfach faszinierend. Die Geschichte dieser Gegend – höchst erstaunlich, was in den Wäldern alles los war.«

»Was hast du herausgefunden?«, fragte Anna neugierig.

»Nun, es gibt ein paar wunderbare Legenden. Früher hat hier ein Graf geherrscht, und als er gestorben ist, haben die Leute sein Schloss niedergebrannt, weil sie Angst hatten, dass er als Vampir zurückkehrt. Weißt du ein bisschen was über Vampire?«

»Mhm«, antwortete Anna ehrlich.

»Das Ganze war natürlich absolut lächerlich. Aber seit dem Tod des Grafen verschwinden tatsächlich immer wieder Leute. Ist das nicht spannend? Wahrscheinlich sind es nur die Wölfe, aber zahlreiche Berichte beschuldigen den Vampir. Hier nennen sie ihn *strigoi*. Kennst du das Wort, Isabella?«

»Ja, das habe ich, glaube ich, schon mal gehört.«

»Hochinteressant.« Der Professor lächelte. »Ich frage mich, wie viel deine Großmutter davon mitbekommen hat. In dieser Suppe ist wirklich eine Menge Knoblauch. Vielleicht zur Abschreckung?«

»Bestimmt!« Max schob sich gerade den letzten Löffel in den Mund. Er hatte seine Schüssel bis zum Boden leergekratzt.

»Na, du hattest aber Hunger«, entgegnete der Professor. »Dich beißt heute Nacht sicher kein Vampir.«

Er wirkte leicht verblüfft, als die Kinder losprusteten und sich gar nicht mehr beruhigen konnten.

Der Professor entschuldigte sich relativ früh vom Tisch und ging zu Bett. Die Kinder versammelten sich in Isabellas Zimmer und setzten sich im Kreis auf den Boden.

»Morgen fahren wir schon wieder«, sagte Anna traurig zu ihrer neuen Freundin. »Ich wünschte, du könntest mit uns kommen.«

»Ich auch«, erwiderte die. »Aber meine Oma kann die Pension nicht allein führen. Sie braucht meine Hilfe.«

Das alles war schrecklich ungerecht, fand Anna. Eben erst hatten sie ein unglaubliches Abenteuer zusammen erlebt. Warum mussten sie sich jetzt trennen?

»Wir dürfen niemandem erzählen, was passiert ist. Also kennen nur wir drei die Wahrheit. Wie in einem Geheimclub. Wir müssen Kontakt halten, damit wir einander im Ernstfall beistehen können. Wer weiß, was für Schauermärchen uns noch erwarten?«

»Ich hab eine Idee!« Isabella holte ein paar Stifte und ein smaragdgrünes Notizbuch aus ihrem Schrank. Mit einem hübschen schwarzen Stift schrieb sie etwas über die erste Seite.

Anna schaute ihr über die Schulter und las laut vor: »VAMPIRE STERBEN EINSAM.«

»Das ist ein guter Titel«, befand Max.

»Wir schreiben die ganze Geschichte auf«, erklärte Isabella. »Dann schicken wir das Buch hin und her und ergänzen alles, was wir rausfinden. So wissen wir immer, was die anderen treiben, und können uns bei Problemen helfen.«

Anna war beeindruckt. Das war zwar nicht so gut, wie die echte Isabella dabeizuhaben, aber zumindest etwas.

Die nächsten paar Stunden über schrieben die Kinder unermüdlich. Anna wählte einige wichtige Seiten aus ihrem Märchenbuch aus (Mrs Dalca hatte es ihr endlich zurückgegeben), die sie zu Hause kopieren und einkleben würde. Es stellte sich heraus, dass Isabella richtig gut malen konnte. Sie skizzierte einen Vampir, der Annas und Max' Erinnerung sehr nahe kam. Daneben klebten sie einen von Max' Kaugummistickern mit einem Comic-Vampir darauf, um die Unterschiede zwischen dem echten Ungeheuer und dem Wesen aus den Geschichten zu verdeutlichen. Außerdem zeichneten sie Max' Hand ab, die immer noch ziemlich tot war, auch wenn das seltsamerweise keiner der Erwachsenen bemerkt zu haben schien.

Max war gerade dabei, Anna und Isabella zu erzählen, wie der Vampir ihn entführt hatte (diesen Teil der Geschichte kannten die beiden ja noch nicht), als Mrs Dalca sie unterbrach und darauf bestand, dass sie schlafen gingen. Anna musterte die alte Frau und versuchte, sie sich als kleines Mädchen vorzustellen, das eine verwundete Fee im Wald traf. Mrs Dalca hatte – im Gegensatz zu ihnen – offenbar beschlossen, so wenig wie möglich über die Welt der Magie erfahren zu wollen. Welche Entscheidung war wohl die weisere gewesen?

»Ich habe etwas für dich«, krächzte sie, bevor Anna in ihrem Zimmer verschwinden konnte. »Hier bitte. Das hält dich auch in der kältesten Nacht warm.«

Sie reichte ihr etwas Schwarzes und Weiches: das Schattending, das sie mit den Fingern gestrickt hatte. Anna nahm es entgegen und faltete es auf. Es war ein dicker Schal, so einer, wie Isabella ihn trug. Ein schöneres Kleidungsstück hatte Anna nie besessen.

»Vielen Dank«, sagte sie. »Der ist wunderschön. Wirklich!«

Mrs Dalca lächelte. »Braves Kind. Und jetzt ab ins Bett.«

»Wie geht die Geschichte aus?«, fragte Max.

Anna hätte ihn beinahe überhört. Sie schaute aus dem Autofenster und bestaunte all die Bäume, die auf der Herfahrt im Nebel versteckt gewesen waren.

Tagsüber wirkte der Wald deutlich einladender, doch allein hätte sie ihn trotzdem nicht erkunden wollen. Mit Isabella hingegen wäre es bestimmt lustig gewesen, die anderen Wege auf der alten, staubigen Karte zu erforschen. Vielleicht hätten sie sogar noch mehr Feen entdeckt?

Sie hatten beschlossen, dass Anna den weißen Dolch aufbewahren sollte. Das Ungeheuer in Isabellas Teil der Welt war besiegt, und bei den vielen Arbeitsreisen des Professors war es wahrscheinlicher, dass die beiden Geschwister erneut in Gefahr gerieten. Dieser Teil des Gesprächs hatte Max gar nicht gefallen, aber Anna war ein wohliger Schauer über den Rücken gelaufen. Ihr altes rotes Märchenbuch enthielt eine seitenlange detaillierte Aufstellung unheimlicher Wesen mit hinterhältigen Beweggründen und übernatürlichen Kräften. Welche davon gab es wohl noch? Sie tätschelte die Waffe an ihrer Hüfte, und ein Hauch Angst mischte sich in ihre Erregung. Der Dolch hatte so lange unter dem Dielenbrett der rumänischen Pension gelegen. Würde jetzt jemand danach suchen?

Max wiederholte seine Frage. »Wie geht die Geschichte aus?«

Anna drehte sich zu ihm. Ausnahmsweise einmal hatte ihr Vater die Koffermauer zwischen ihnen vergessen, so dass die Geschwister normal miteinander reden konnten.

»Was meinst du? Die Geschichte ist vorbei.«

»Nicht die Vampirgeschichte. Die, die du mir auf der Fahrt erzählt hast. In der Max in den Hexenwald läuft.«

»Ach, *die* … Okay. Gib mir eine Minute zum Nachdenken.«

Max nickte zufrieden. Als er sich am Kopf kratzte, bemerkte Anna wieder, wie schrecklich bleich seine Finger waren. Isabella und sie hatten ein paar interessante Narben davongetragen, aber Max hatte fraglos am meisten gelitten.

»Aaalso …«, fing sie an. »Max wanderte durch den Wald. Irgendwann kam er zu einer Lichtung, auf der er seine letzte Brotkrume fallen lassen musste. Sollte er weitergehen, obwohl er keine Spur mehr für den Rückweg legen konnte? Er wusste nicht, dass ihm jemand nachschlich. Das Rauschen der Bäume übertönte die Schritte.«

Max wirkte nicht sehr beklommen. Nach allem, was sie in den vergangenen zwei Tagen erlebt hatten, würde Anna ihm wahrscheinlich nie wieder Angst einjagen können.

»Plötzlich spürte Max etwas im Nacken. Erst dachte er, es sei bloß der Wind, aber dafür war es zu warm.

Jemand – etwas – atmete, und zwar direkt hinter ihm. Dann packte ihn eine Hand an der Schulter.«

»Die Hexe?«, fragte Max.

Anna schüttelte den Kopf.

»Wer sonst?«

Nach einer kurzen Spannungspause sagte sie: »Es war Max' Schwester. Sie hatte ihn in der Nähe des Waldes spielen sehen und befürchtet, die böse Hexe könnte ihn erwischen. Deshalb war sie seinen Brotkrumen gefolgt. Max war heilfroh, dass sie da war. Gemeinsam verließen sie den Wald, kehrten sicher nach Hause zurück und lebten glücklich und zufrieden bis an ihr Lebensende.«

»Also ist ihm nichts passiert?« Max schien verwirrt.

»Nö. Gar nichts.«

»Oh.«

Das Auto kurvte den Berg hinunter. Der holprige Weg führte zu einer breiteren Straße und die wiederum zu einer noch breiteren, und irgendwann würden sie den Flughafen erreichen und in ein völlig neues Land fliegen. Eigentlich war Anna noch nicht bereit, Transsilvanien zu verlassen. Und trotzdem kribbelte ihr schon Vorfreude im Bauch. Wo würden sie als Nächstes landen? Und wann würden sie wieder ein Abenteuer erleben?

»Hm. Das war … ein gutes Ende, schätze ich mal«,
sagte Max. »Erzählst du mir noch eine Geschichte?«
Anna grinste. »Es war einmal …«

ENDE

Oder doch nicht?
Blättere um, dann findest du heraus,
wohin es Anna und Max im
nächsten Band,
»Den Letzten beißen die Trolle«,
verschlägt …

Leseprobe aus

Den Letzten beißen die Trolle

Band 2

Aus dem Englischen
von Katrin Segerer

Max beugte sich zu seiner Schwester und flüsterte leise: »Das Wetter ist schon ein bisschen verdächtig, oder? Nichts als Nebel, seit wir gelandet sind. Vielleicht gibt es hier wieder Vampire!«

Jedes seiner Worte wurde von einem weißen Atemwölkchen begleitet.

»Bestimmt nicht«, sagte Anna. »Das ist einfach dieses Land.«

Es war ein kalter Vormittag in der englischen Provinz. Dichte Nebelwellen rollten über satte Wiesen und brachen sich am Auto. Grüne Hecken, hoch, undurchdringlich und tauschwer, säumten die Straße zu beiden Seiten wie ein riesiges Labyrinth.

Max ließ sich zurück in seinen Sitz fallen und Anna versuchte, sich wieder auf ihr Buch zu konzentrieren. Dunkle Erinnerungen regten sich in ihr – Erinnerungen an einen zottigen Bären, einen schimmernden Dolch und ein boshaft verzerrtes Gesicht mit lodernden weißen Augen. Stöhnend klappte sie

167

das Buch zu. Egal wie sehr sie sich bemühte, sie würde nicht weiterlesen können. Anna schloss die Augen. Nach ihrem Sieg über den Vampir war sie heilfroh gewesen, dass er ihnen nie wieder etwas anhaben konnte. Aber … war es nicht aufregend gewesen, in die Schlossruine zu schleichen und auf dem Rücken des Bären durch den sturmgepeitschten Wald zu reiten? Oder einen magischen Dolch in einer unheimlichen alten Pension zu finden – einen Dolch, den sie seither stets versteckt bei sich trug? In allen Büchern, die sie je über England gelesen hatte, wurde es als Land voller Rätsel beschrieben, als Land, in dem kluge Kinder einen ständigen Kampf gegen Diebe und Schmuggler führten und die Verbrecher durch Geheimgänge und verborgene Zimmer verfolgten. Sicher gab es hier auch Fabelwesen. Wäre es wirklich so schlimm, eins zu treffen, jetzt wo sie den weißen Dolch hatten und sich verteidigen konnten?

Irgendetwas berührte sie an der Schulter.

Sie öffnete die Augen. Da lag etwas Totes und zappelte wie eine Spinne mit den bleichen Gliedern. Als es bemerkte, dass es ertappt worden war, erstarrte es, ein Finger-Beinchen erhoben, keinen Schritt von Annas nacktem Hals entfernt.

»*Max!*«, quiekte sie. »Ich habe dir schon tausendmal gesagt, dass du dieses *Ding* von mir fernhalten sollst!«

»Tut mir leid«, murmelte Max kleinlaut. »Das wollte ich nicht.«

»Versuch einfach, es nicht wieder zu tun.«

»Was nicht wieder zu tun?«, fragte der Professor.

»Ach, nichts.« Anna beugte sich vor und wechselte das Thema. »Sind wir bald da?«

Wie so oft türmte sich auf dem Beifahrersitz ein Stapel Karten. Ganz oben lag ein relativ neuer Straßenatlas. Ein dichtes Gewirr aus Straßen und Wegen überzog die Landkarte, und wie es aussah, hatte ihr Vater selbst noch ein paar Linien dazugezeichnet. Anscheinend war England tatsächlich ein Labyrinth.

»Ja, fast.« Der Professor kniff die Augen zusammen, als eine dicke Nebelwolke gegen die Windschutzscheibe waberte. »Oder wir sind schon vorbei. Das ist nicht so leicht zu erkennen.«

»Halten wir doch an und fragen«, schlug Max vor.

»Sei nicht albern«, meinte sein Vater. »Da draußen ist doch niemand.«

Anna spähte auf die Straße vor ihnen. Er hatte wohl recht.

Plötzlich tauchte eine Gestalt aus dem Grau auf.

Der Professor trat auf die Bremse. Die Gestalt kam näher und streckte einen Arm aus, die Finger zur

Faust geballt. Entsetzt beobachteten die Geschwister, wie der Arm sich hob und die Faust laut gegen die Scheibe auf der Fahrerseite schlug.

»*Machen Sie das Fenster auf*«, befahl die Gestalt mit dumpfer Stimme.

»Tu es nicht, Dad!«, flehte Max.

Der Professor schluckte. Mit zitternder Hand kurbelte er die Scheibe runter und keuchte, als die frische Morgenluft ins Auto wehte.

Ein Gesicht beugte sich herein – das kantige Gesicht einer Frau. Ihre Haut war blass von der Kälte, und ihr rabenschwarzes Haar zeichnete sich scharf gegen den Nebel ab. In der Hand hielt sie eine große Blechdose.

»Morgen. Gehören Sie zum Suchtrupp?«

»Ähm … wie bitte?«, fragte der Professor.

Die Frau runzelte die Stirn.

»Ach, Sie sind von außerhalb? Vergessen Sie's. Dann nur den Zoll, bitte.«

Der Professor blinzelte sie an. Sein Mund stand halb offen. Die Frau musterte ihn streng.

»Da vorn kommt eine Zollbrücke. Sie müssen bezahlen, um sie zu benutzen. Achtzig Pence pro Wagen.«

Anna konnte keine Brücke erkennen, und der Professor hatte offensichtlich auch nicht mit einer gerechnet. Verwirrt tastete er nach dem Straßenatlas und hielt ihn sich dicht vors Gesicht. Dann murmelte er etwas Unverständliches und fuhr mit dem Finger eine rote Linie nach, die eindeutig nachträglich eingezeichnet worden war. Schnell griff Anna nach dem Münzbeutel des Professors und öffnete ihn. Er war gefüllt mit Kleingeld aus aller Herren Länder. Manches wirkte so alt und ungewöhnlich, dass es bestimmt nicht mehr in Benutzung war – wenn es sich unter der schwarz-grünen Dreckkruste überhaupt noch identifizieren ließ. Mit fast gefrorenen, tauben Fingern wühlte sie so lange, bis sie zwei große silberne Münzen mit den magischen Worten FÜNFZIG PENCE darauf entdeckte.

»Ich habe kein Wechselgeld«, sagte die Frau, als Anna ihr die Münzen reichte.

»Nicht schlimm«, erwiderte Anna. Es war schließlich nicht ihr Geld. »Aber würden Sie uns verraten, wo wir sind?«

»Ich weiß, wo wir sind«, brummte der Professor, allerdings nicht sonderlich laut.

Anna ignorierte ihn und schaute die Frau hoffnungsvoll an. Die schürzte die Lippen.

»Wenn ihr hinter der Brücke rechts abbiegt, kommt ihr in die Stadt. Da gibt es reichlich Straßenschilder und Leute, die euch den Weg zur Autobahn zeigen, falls ihr dahin wollt.« Sie machte eine kurze Pause.

»Ihr könnt auch der Flussbiegung nach links folgen, aber da ist nichts … außer das alte Goat's Beard Hotel.«

Bei der Erwähnung des Hotels nahm ihre Stimme einen scharfen Unterton an. Der Professor bemerkte es gar nicht.

»Genau wie ich gedacht habe.« Er legte den Atlas zurück auf den Beifahrersitz. »Einfach hinter der Brücke links.«

Anna seufzte und bedankte sich bei der Frau für ihre Hilfe.

Sie fuhren weiter. Die Hecken am Straßenrand verschwanden abrupt, und andere Umrisse traten aus dem Grau: ein altes Steinhäuschen von der Größe einer Bushaltestelle, ein kleines Schild, auf dem ZOLLSTELLE stand, und schließlich die Brücke. Anna reckte den Hals, um den Fluss darunter zu erspähen, aber der Nebel trieb weiß und undurchdringlich auf dem Wasser.

Der Professor bog links ab.

»Was hat die Frau mit ›Suchtrupp‹ gemeint?«, fragte Max.

Anna wollte ihm gerade antworten, da ertönte hinter ihnen eine Sirene. Die Kinder wirbelten herum, als ein Auto mit blinkendem Blaulicht an ihnen vorbeischoss. Anna konnte eben noch das Wort PO-

LIZEI an der Seite entziffern, bevor es um die nächste Ecke raste.

Anna lehnte sich zurück und runzelte die Stirn. Warum kurvte die Polizei hier draußen herum, mitten im Nirgendwo? Und wenn es tatsächlich einen Suchtrupp gab, wonach suchte er?

Das Auto wurde langsamer. Ein windschiefes Haus erhob sich aus dem Nebel. Anna überlief es kalt. Am liebsten hätte sie den Professor angebettelt, nicht anzuhalten, einfach umzudrehen, zurück über die Brücke und direkt zum Flughafen zu fahren. Max schaute sie mit aufgerissenen Augen an, und sie wusste, dass er genau das Gleiche dachte.

»Das müsste es sein«, verkündete der Professor. »Ich steige kurz aus und sehe nach. Ihr beide wartet hier. Seid brav!«

Und ehe die Kinder etwas erwidern konnten, fiel die Tür hinter ihm zu, und er verschwand im Grau.

Nebelschwaden strichen mit gespenstischen Fingern über die Fenster und hinterließen feuchte Schlieren auf dem Glas.

Plötzlich krachte etwas in den Wagen, mit einem mächtigen RUMMS.

»Was war das?«, wimmerte Max.

Anna hatte keine Ahnung. Ihre Finger tasteten nach dem weißen Dolch. Sie wischte ein Stück der

173

Scheibe frei und linste mit pochendem Herzen nach draußen.

»Was siehst du?«, fragte Max.

Anna schluckte.

»Ich bin mir nicht sicher. Aber es hat Hörner.«

Das Gesicht ihres kleinen Bruders wurde fast so bleich wie seine Hand.

»Es ist ein Monster«, flüsterte er. »Es will den Dolch stehlen!«

Schuldgefühle machten sich in Annas Magen breit. Man hatte sie gewarnt, dass der Dolch die Aufmerksamkeit finsterer Wesen erregen würde.

Etwas Böses war da draußen vor dem Auto und versuchte hereinzukommen. Und kampflos würde Anna ihre magische Waffe nicht aufgeben.

Leseprobe aus »Echt böse! Den Letzten beißen die Trolle«
von Jack Henseleit
© 2020 Fischer Kinder- und Jugendbuch Verlag GmbH, Frankfurt am Main
ISBN 978-3-7373-4148-6

Danksagung

Eine Menge sehr unheimlicher Leute haben mitgeholfen, diese Geschichte Wirklichkeit werden zu lassen. Wenn du dich traust, kannst du hier ihre Namen nachlesen.

Die guten Feen von Hardie Grant Egmont haben die Gedanken aus meinem Kopf in ein richtiges Buch verwandelt. Sie sind wahre Meisterinnen der Worte, und es war mir eine Ehre, mit ihnen arbeiten zu dürfen. Tausend Dank an Marisa, Luna, Ilka, Haylee, Penelope, Annabel und alle anderen, die dieses Manuskript aus der Taufe gehoben haben.

Adel Sarkozi stammt aus dem Land der Vampire und war mir eine unbezahlbare Stütze bei der rumänischen Sprache. *Mulţumesc!*

Diese Geschichte entstand 2015 während des kältesten Winters, den Melbourne zu meiner Zeit erlebt hat. Danke an meine Mitbewohner Amelia und Daniel, die sich in den eisigen Nächten immer um mich gekümmert haben, und an all die Freunde, die uns besucht und bis zur Geisterstunde Spiele mit uns gespielt haben: Corey, Marcus, Eliza, Tom, Robert, Laura, Patrick, Ava, Jacqui, Matthew, Emily und viele mehr.

Last but not least: Danke an meine Familie, die mich seit 25 gruseligen Jahren ermutigt, erschreckt und zum Lesen ermuntert. An meine Eltern Teresa und Phil, meine Schwester Kit, meine Onkel und Tanten Danny und Beth, Jacqueline und Karl, Peter und Di und Shane und JR, meine Cousinen und Cousins Patrick, Harry, Gypsy, Jesse und Raffy und meinen Großvater Kenny. Außerdem an meine Freundin Jemima und ihre Eltern Ruth und Frank. Mount Rowan ist vielleicht voll von Hexen, aber ihr macht es zu einem sicheren Ort.